Diogenes Taschenbuch 24023

AF203082

LUKAS HARTMANN, geboren 1944 in Bern, studierte Germanistik und Psychologie. Er war Lehrer, Journalist und Medienberater. Heute lebt er als freier Schriftsteller in Spiegel bei Bern und schreibt Bücher für Erwachsene und für Kinder. Er ist einer der bekanntesten Autoren der Schweiz und steht mit seinen Romanen regelmäßig auf der Bestsellerliste. Für *Bis ans Ende der Meere* wurde er 2010 mit dem Sir-Walter-Scott-Literaturpreis für historische Romane ausgezeichnet.

Lukas Hartmann

Pestalozzis Berg

ROMAN

Diogenes

Die Erstausgabe erschien 1978
im Zytglogge-Verlag, Bern / Gümligen
Diese Ausgabe basiert auf der
bei Nagel & Kimche, Zürich / Frauenfeld,
erschienenen überarbeiteten Fassung von 1988
Covermotiv: Gemälde von Ferdinand Hodler,
›Schynige Platte‹, 1909 (Ausschnitt)
Foto: Copyright © akg-images / Erich Lessing

Veröffentlicht als Diogenes Taschenbuch, 2009
Alle Rechte vorbehalten
Copyright © 2009
Diogenes Verlag AG Zürich
info@diogenes.ch · www.diogenes.ch
In Fragen zur Produktsicherheit (GPSR):
truepages UG (haftungsbeschränkt)
Westermühlstraße 29, 80469 München
info@truepages.de
ASR / 21 / 852 / 6
ISBN 978 3 257 24023 8

Nachdem anfangs 1798 französische Truppen die Eidgenossenschaft besetzt hatten, wurde im April die Helvetische Republik ausgerufen und eine zentralistische Verfassung in Kraft gesetzt, die die Vorrechte des Adels und der Städte abschaffte. Im September erhoben sich die Nidwaldner Bauern gegen die neue Regierung; doch die Franzosen schlugen den Aufstand blutig nieder. Stans wurde geplündert und in Brand gesteckt; zu Dutzenden irrten verwaiste Kinder herum.

Pestalozzi, Ehrenbürger der Französischen Revolution, hatte den Ministern Stapfer und Rengger schon kurz nach dem Umsturz den Plan für eine staatliche Armenanstalt vorgelegt und sie gebeten, ihm deren Leitung zu übertragen. Auf sein Drängen hin beschloss die Regierung, in Stans eine solche Anstalt zur Aufnahme der Waisen zu gründen. Am 7. Dezember zog Pestalozzi in einen baufälligen Flügel des Kapuzinerinnen-Klosters ein. Zeitweise hatte er für achtzig Kinder zu sorgen. Er rieb sich auf im Kampf gegen Kälte und Hunger, gegen Verwahrlosung, Unwissenheit und Verachtung.

Bereits nach einem halben Jahr, im Frühsommer

1799, als das österreichische Heer sich der Zentralschweiz näherte, wurde die Anstalt in ein Militärlazarett verwandelt. Der helvetische Kommissar Zschokke überbrachte den Befehl, das Kloster zu räumen. Pestalozzis Widerstand blieb erfolglos: Er musste, wie Jahre zuvor auf dem Neuhof, die Kinder, die er aufgenommen hatte, wegschicken. An Selbstmord denkend, verließ er Stans. Bei Fellenberg in Hofwil, einem Anhänger seiner Ideen, brach er zusammen. Zehender, der gebildete Gurnigelwirt, bot ihm seine Gastfreundschaft an. Pestalozzi reiste auf den Gurnigel bei Bern, wo sich, mitten in einem Gebirgswald, ein berühmtes Mineralbad befand. In sechswöchiger Abgeschiedenheit erholte sich Pestalozzi allmählich und gewann den Glauben an die revolutionären Möglichkeiten der Volksbildung zurück. Er schrieb den Brief an einen Freund über seinen Aufenthalt in Stans, der, nie abgeschickt, 1807 von einem Mitarbeiter veröffentlicht wurde. Am 23. Juli 1799 trat Pestalozzi eine Stelle als Lehrer an der Armenschule in Burgdorf an; er wollte seine METHODE, *mit deren Hilfe er das Volk aus der Unwissenheit zu befreien hoffte, in praktischer Arbeit weiterentwickeln.*

Immer langsamer gingen die Pferde. Pestalozzi hörte, wie der Kutscher sie antrieb; die Stimme schien ihm fern und gläsern. In scharfen Kehren führte die Straße aufwärts. Ringsum Wald: dunkle Föhren, ab und zu Buchen. Seit sie im Schatten fuhren, hatte die Hitze nachgelassen; er atmete leichter, obgleich der Polsterstoff unangenehm süßlich roch. Das trübe Fensterchen ließ sich nicht weiter zurückschieben. Im Inneren war's dämmrig; eine blaugepolsterte, rüttelnde Zelle. Er schaute hinaus und sah, inmitten der abgestuften Grüntöne, Holunderbeeren, gelbleuchtendes Johanniskraut am Wegrand.

Johanniskraut ist gut gegen Krätze und Ausschlag. Man kocht die Blüten in Essigsud, gibt die Essenz zu Hundeschmalz. Ich habe die Kinder ja immer gesalbt, ich habe es an nichts fehlen lassen. Gewaschen, entlaust, gesalbt. Zschokke, was weißt du schon davon? Johanniskraut, Kamille und Salbei. Wir hätten die Stengel in Büscheln aufgehängt und getrocknet. Glaubt mir, noch ein paar Wochen, und wir hätten uns aus eigener Kraft erhalten.

Der Kutscher war vom Bock gestiegen und ging

mürrisch, mit schwerfälligen Schritten neben der Kutsche her. Die Pferde schnaubten. Eine halbe Stunde noch, sagte er, halb zu sich, halb zu seinem Passagier.

Pestalozzi drängte sich in seine Ecke; schützend umgaben ihn die Wände.

Draußen eine Lichtung. Ich bin ihr Vater gewesen. Anna, verachte mich nicht. Anna, du hörst mir nicht zu. Ich weiß, das Geld. Ich möchte die Dublonen vor dir ausschütten können, eimerweise, klirrende Kaskaden; du solltest staunen. Aber hetze nicht Jacques gegen mich auf. Ich leide unter seinen Anfällen, Anna, ich leide wie du.

Das Fenster füllte sich mit hellem Gelbgrün, ein Gerstenacker. Brot für die Kinder. Pfundweise schüttete Lisabeth das Mehl in die Mulde, goss Wasser hinzu, knetete Teig, der bis zum Ellbogen an ihren Armen klebte, den kräftigen Mädchenarmen, von denen er träumte, dass sie ihn umfassten, eines Nachts vielleicht, in aller Heimlichkeit. Aber wichtiger war der Esparsettenwuchs. Tausende von lichtgrünen Keimlingen in der neubewässerten Erde, auf die er Mergel gekarrt hatte, um sie zu verbessern. Der Hagel vernichtete die Ernte. Auch dies vernichtet und zerstört.

Pestalozzi hörte Hufgetrappel, Räderrollen, Gelächter. Der Kutscher knallte mit der Peitsche, und der Wagen schwankte zur Seite. Die Reisepost kam ihnen entgegen. Ein gelber Schein, ein offenes Verdeck; Damen mit Hüten; schon verhüllte Staub die Sicht, und die Geräusche entfernten sich. Fluchend trieb der Kutscher die Pferde wieder in die Straßenmitte. Er wandte sich zurück.

Haben sie's gesehen?, fragte er. Besoffen, alle besoffen. Das ist so Brauch nach der Badekur.

Der Kutscher hatte rötliche Haare, rote Bartstoppeln, unruhige Augen. Solche Menschen kennen nicht einmal das ABC.

Halt!, rief Pestalozzi. Er rüttelte an der Tür. Der Kutscher öffnete sie und starrte ihn verständnislos an. Pestalozzi kletterte hinaus. Nicht nötig, sagte der Kutscher, das letzte Stück ist flacher. Ich steige selber gleich wieder auf.

Pestalozzi schüttelte den Kopf und bestieg, während die Kutsche weiterrollte, mit einiger Mühe den Bock. Verlegen setzte sich der Kutscher neben ihn. Es ist nicht üblich, sagte er, dass die Herren hier sitzen. Pestalozzi schwieg. Der Kutscher ergriff zögernd die Zügel und wollte sie Pestalozzi übergeben. Herrenlaunen; manchmal kam sie die Lust an, Kutscher zu spielen, er kannte das. Pestalozzi wehrte mit einer unwilligen Handbewegung ab.

Wie der Herr will, murmelte der Kutscher. Pestalozzi atmete den Stallgeruch seiner Joppe ein. So roch das Volk. Auch die Kinder hatten gerochen. Anna würde die Nase rümpfen. Anna, du begreifst nicht, dass ich das Volk aus seiner Niederung reißen will, du wirst es nie begreifen. Zwischen Tannenwipfeln sah er den frühsommerlichen Himmel. Wolken durchzogen ihn, er schloss die Augen.

Die Müdigkeit eines halben Jahres, eine laue Wärme, als stocke das Blut. Vor seinen Augen tanzten Funken, zerrannen in goldenen Kreisen, die sich dehnten und platzten; Regenbogenfarben, wenn das Licht sich bricht. Ich habe den Kindern vom großen Newton erzählt. Im Ofen brannten die Scheiter, aber die Bise drang durch alle Ritzen. Wie die Tiere haben wir uns zusammengeschart.

Der Kutscher hustete und spuckte. Pestalozzi schielte zur Seite. Der Kutscher rückte auf seinem Sitz zurecht, er spreizte die Beine mit den strammgezogenen Hosen; das eine Knie berührte Pestalozzis Oberschenkel. Obwohl die Berührung leicht war, schmerzte sie ihn ihrer Plötzlichkeit wegen.

Der Kutscher schnaufte mit pfeifendem Geräusch durch die Nase. Pestalozzi presste seine Hände gegen die Ohren. Das Rauschen des Bluts. Ein weiterer Wagen kreuzte den ihren, lautlos diesmal, als schwebten die Pferde samt Kutsche durch grüne und blaue Dämmerung.

Der Wald öffnete sich, und der Hang ging in ein

Plateau über. Vor seinem Blick stand ein langgestrecktes Gebäude, das aus mehreren ineinandergeschachtelten Teilen bestand. Unter alten Bäumen, halb versteckt, weitere Gebäude, zum Teil aus Holz gebaut.

Ruhe, ich will nur meine Ruhe.

Die Kutsche bog, nach der letzten Steigung, mit knirschenden Rädern auf die bekieste Terrasse ein. Zehender stand graugekleidet vor einer Seitentür, neben Kübeln, in denen Pflanzen mit schwertförmigen Blättern wuchsen. Leute gingen über den Platz, in Gespräche vertieft; die Damen trugen Sonnenschirme. Von irgendwoher klang Gelächter.

Willkommen im Gurnigel, rief Zehender, als die Kutsche vor ihm hielt. Pestalozzi kletterte, von Zehenders Hand geführt, hinunter. Er fühlte sich schwindlig; es bedrückte ihn, dass die Sonne so ungehindert schien. Aus dem Licht trat er in den Schatten, den die Hausfront warf.

Gut gereist?, fragte Zehender.

Pestalozzi nickte verwirrt.

Wo haben Sie Ihr Gepäck?

Der Kutscher hob aus dem Gepäckkasten einen verschlossenen Reisesack und stellte ihn neben Pestalozzis Füße.

Ist das alles?

Der Kutscher nickte. Er blieb vor ihnen stehen, die Hände in die Hüften gestemmt.

Er kann gehen. Zehender deutete auf die Stallungen jenseits des Platzes.

Der Kutscher kehrte mit einer plötzlichen Bewegung den Herren den Rücken zu, löste die Bremse und packte das Pferd neben ihm am Halfter. Es warf ein paarmal den Kopf hin und her; wiehernd begann es zu ziehen; das andere trottete gehorsam mit.

Soll ich Ihnen zuerst Ihr Zimmer zeigen?, fragte Zehender. Es liegt auf der Sonnenseite. Ein separiertes Zimmer übrigens, da Sie ja Ruhe suchen. Er ergriff Pestalozzis Reisesack und ging ihm voran die Stufen der Freitreppe hinauf zur Tür, die halb offen stand und in eine holzgetäfelte Eingangshalle führte.

In diesem Flügel, sagte Zehender, haben wir im Augenblick nur sehr wenig Gäste. Im Hauptteil sind etwa fünfzig untergebracht, darunter auch Franzosen, trotz des Krieges.

Franzosen?

Geschäftsleute aus Lyon, aus Dijon, sogar aus Paris. Die Revolution hat die reichen Bürger noch reicher gemacht.

Sie gingen eine breite, mit roten Teppichen belegte Treppe hinauf. Gänge, Zimmerfluchten, auf der anderen Seite eine Art gedeckte Galerie, die der hintern Fassade entlanglief. Er nahm Gobelins in verblassten Farben wahr, Kommoden mit Silberbeschlägen. Der einzige Mensch, der ihnen begegnete, war ein Zimmermädchen, das sich mit kaum vernehmlichem Gruß an ihnen vorbeidrückte.

Am Ende eines Ganges öffnete Zehender eine unverschlossene Tür. Das Zimmer war angenehm in seinen Maßen, karg, doch ausreichend möbliert; ans Fenster geschoben ein Bett mit einladend gewölbtem Duvet.

Hier will ich liegen, und die Tage sollen lautlos verstreichen, einer wie der andere.

Zehender stellte das Gepäck vor den Schrank. Er deutete aufs Waschgeschirr. Ich werde dafür sorgen, dass Sie ständig frisches Wasser aus der obern Quelle haben. Behagt Ihnen der Raum? Pestalozzi nickte. Kühles, linderndes Wasser. Als Kind war er mit Fieber im Bett gelegen, und Barbara, die Magd, hatte ihm Umschläge gemacht. Ihre Hände, vor denen er sich sonst fürchtete, waren sanft und rücksichtsvoll. Sie tränkten das Tuch im Kamillensud und breiteten es über seine Stirn; der Kamillengeruch brachte in das verdunkelte Zimmer die Erinnerung an die Sommertage beim Großvater in Höngg. Er lag in lauem Schweiß; durchs Halbdunkel wanderten Gestalten, mit denen er sprach. Barbara hatte die Fenster mit Tüchern verhängt, damit keine frische Luft hereindrang; Durchzug war schädlich.

Schon eine Weile redete Zehender. Ich nehme an, Sie wollen sich das Essen aufs Zimmer bringen lassen. Wenn Sie aber einmal Gesellschaft vorziehen sollten, sind Sie im Speisesaal herzlich willkommen. Ich esse wenig, sagte Pestalozzi, ich vertrage nur einfache Speisen.

Ich möchte Ihnen das Haus zeigen, sagte Zehender, es ist weitläufig. Sie können sich leicht verirren. Pestalozzi schwieg; Zehender räusperte sich. Wie gefällt Ihnen die Aussicht? Pestalozzi trat ans Fenster: Wälder, so weit das Auge reichte. So viel Grün machte ihm Angst. Mit Mühe nahm er, in großer Entfernung, helle Flächen wahr, die sich mosaikartig ineinanderschoben. Es gibt auch Felder, sagte er.

Der Jura liegt heute im Dunst, sagte Zehender. Es heißt, das schöne Wetter halte an.

Sie gingen hinaus. Pestalozzi folgte seinem Wirt durch weitere Gänge.

Das Gehen auf Teppichen war ihm ungewohnt; von Schritt zu Schritt hatte er die unbehagliche Empfindung, einzusinken und wie in einem Moor festgehalten zu werden, ein Gefangener des riesigen Hauses. Der Speisesaal war leer und sah so kalt und leblos aus, als würde er nicht mehr benützt.

Wir haben drei Speisesäle, sagte Zehender. Dieser ist für die vermögenden Gäste bestimmt. Auch der große Gesellschaftsraum steht ihnen zur Verfügung; er dient zur Belustigung am Abend. Wir haben stets ein paar Musikanten hier, die zum Tanz aufspielen. Kürzlich habe ich ein Billard angeschafft, das großen Anklang findet, und vielleicht haben Sie draußen die Kegelbahn bemerkt.

Die gedeckten Tische glichen Bahren. Hinter der Fensterfront drohte der Wald. An der einen Wand hingen, in vergoldeten Rahmen, Porträts, Gesichter unter Lockenperücken; der dunkle Hintergrund ließ sie wächsern erscheinen. Pestalozzi vermied es, sie anzusehen; eines der Gesichter erinnerte ihn an Anna. Diese sauertöpfische Pedanterie. Dein vergeblicher Kampf gegen den Schmutz; Erde an meinen Schuhen, verschütteter Kaffee, verschüttete Suppe, Tintenflecke auf Ärmeln und Hosen; die schwarzen Fingernägel, die ungekämmten Haare. Dieses ewige Reiben, Putzen, Säubern. Ich kann mich nicht sauber halten. Aber Schmutz ist fruchtbar, Anna. Wenn ich endlich Bauer sein dürfte, ein einfacher Bauer, dann wäre mir geholfen.

Zehender führte ihn zu den Badestuben im Erdgeschoss. Hinter den verschlossenen Türen erklang Stimmengewirr, vermischt mit Plätschern und Gelächter.

Die meisten Gäste, sagte Zehender, nehmen um diese Zeit das Nachmittagsbad. Das Wasser der Stockbrunnenquelle wird, wie Sie draußen sehen können, in hölzernen Röhren hierher geleitet und, sofern der Gast dies wünscht, im Ofen erwärmt, bevor es in den Badkasten fließt. Den meisten ist's angenehmer, in Gesellschaft zu baden als allein; deshalb befinden sich in jeder Stube achtzehn Kästen, wobei durch spanische Wände dem sittlichen Empfinden Genüge getan wird. Ein tägliches Bad wäre heilsam für Sie, Herr Pestalozzi; es beruhigt die erregten Nerven, noch besser wäre es, mit Regelmäßigkeit vom Quellwasser zu trinken. Zehenders Stimme klang scharf und fordernd. Pestalozzi schüttelte den Kopf.

Barbara hatte ihn am Samstag jeweils geschrubbt von Kopf bis Fuß, mit Seife und Bürste; er saß im hölzernen Zuber, umflossen von Wasser, das ihm kochend heiß schien; er klagte leise vor sich hin, verstummte, wenn die Qual nachließ. Nachher lag er mit krebsroter, brennender Haut im Bett, weinend vor ohnmächtigem Zorn.

Sie standen draußen. Pestalozzi hörte den Wind in den Baumwipfeln und wieder, halb verweht vom Wind, das Gelächter, schrill diesmal, mit lüsternen Untertönen. Zehender wies auf die Holzgebäude im Schatten der Eichen. Wir haben eine eigene Bäckerei und ein kleines Schlachthaus, sagte er. Es ist uns daran gelegen, die Ansprüche der Gäste zu befriedigen. Sehen Sie den Weg dort? Er führt durch ein Stück Wald und über Alpenweiden zu unsern beiden Quellen. Während das Schwarzbrunnenwasser schwefelhaltig ist, enthält das Stockbrunnenwasser heilkräftige Mineralien wie Natrium und Magnesia. Wir haben vor allem Erfolg bei Gichtbrüchigen und Magenkranken vorzuweisen; das Stockbrunnenwasser wirkt aber auch gegen Melancholie.

Gäste gingen vorüber; mit kaum verhohlener Neugierde musterten sie den Neuankömmling.

Wenn Sie den Spaziergang zum Schwarzbrünnlein nicht scheuen, sagte Zehender, sollten Sie dort ein Tropfbad nehmen, wie es die Bauern aus der Umgebung tun. Überhaupt müssten Sie fleißig spazieren gehen, um tiefgreifend auf den erschöpften Organismus einzuwirken. Wir haben, den Wegen entlang, Ruhebänke für unsere Gäste aufgestellt. Aber ich sehe, Sie sind matt, und ich schwatze. Kommen Sie, ich bringe Sie aufs Zimmer zurück.

Er fand sich allein in seinem Zimmer; wie er hingekommen war, wusste er nicht mehr. Eine Weile saß er auf dem Bett und betrachtete die Maserung des dunkel gebeizten Holztäfers. Das Atmen machte ihm Mühe; die Erkältung, die er sich in den ungeheizten Klostergängen geholt hatte, wollte seit Monaten nicht ausheilen. Er hustete; spürte die Stiche in seiner Brust. Warum nicht sterben am Blutsturz?

Die Luft im Zimmer erschien ihm dumpf und stickig. Er öffnete das Fenster. Der leichte Wind, der hereinströmte, kühlte ihm das Gesicht. Die Wälder waren dunkler geworden; regungslos stand die Sonne über dem Horizont; sie hatte die Farbe vernichtender Glut. Mit Jacques war er zum Tümpel gegangen und hatte ihm die raubgierigen Libellen gezeigt. Libellen, die Larven der Köcherfliege, Frösche mit flinken Zungen. Jacques weinte, als der Störmetzger im Neuhof den Schafen den Schädel spaltete und ihr Blut das Fell besudelte. Er weinte, wenn eines der aufgenommenen Bettelkinder ihn unsanft berührte. Jacques, du bist so schwach, so schreckhaft, ein Schürzenzipfelkind, wie ich es gewesen bin. Deine Augen blicken durstig; ich verstehe, was sie fordern. So viele Züge Annas: das Zögernde und Wankelmütige; ihre Kraft fehlt dir jedoch, die Kraft, die ihr zufließt, wenn ich versagt habe, die Kraft, die sie aufbringt, um mich mit Schelt- und Trostworten aus dem Elend zu ziehen. Ich könnte dich hassen, Anna, und ich fürchte mich vor meinem Hass.

Er begann zu frieren. Ein Schwarm Dohlen kreiste über den Tannen. In der Nähe sprachen Leute miteinander; aber er sah und verstand sie nicht. Er schloss das Fenster und legte sich in den Kleidern aufs Bett. Frierend zog er die Decke bis zum Kinn und rollte sich, mit angezogenen Knien, auf die Seite, wie er's als Kind getan hatte. In den Füßen dieses Gefühl eisiger Erstarrung, als ob sie sich von ihm gelöst hätten.

So war er, im Dezember, durch Stans gegangen. Die helvetische Regierung hatte seinem hartnäckigen Drängen endlich nachgegeben, Stapfer, der Erziehungsminister, ihn beauftragt, die verwaisten Stanser Kinder zu betreuen und an ihnen seine *Methode* zu erproben.

Das Dorf war verwüstet; die Franzosen hatten sich gründlich gerächt. Nur wenige Häuser waren unversehrt geblieben. Ausgebrannte Ruinen und Balkenskelette hoben sich vom frisch gefallenen Schnee ab. Hier und dort bellte ein Hund. Er sah unzählige Fußspuren; aber das Leben schien sich vor ihm zu verbergen. Er galt als Kollaborateur, als Verräter, der die Partei der Unterdrücker ergriffen hatte. Er suchte nach den Kindern, zu deren Vater man ihn ernannt hatte. Ab und zu ein Schatten, der vorbeiglitt, hinter einer Mauer verschwand, die Ahnung einer zwerghaften Gestalt, eines hellen Gesichts.

Ich gebe euch Suppe und warme Kleider. Seine Stimme widerhallte von den zerstörten Mauern. Die Luft roch nach erkalteter Asche. Er bestieg eine Anhöhe. Wie ein erblindeter Spiegel lag der See vor ihm. Aus einer Ruine stieg Rauch auf. Jemand lachte, nicht fröhlich, eher angstvoll und verloren. Ein Kind? Auf einmal schien ihm, aus allen Mauern dringe Flüstern und Wispern. Er horchte angestrengt; aber die Wortfetzen, die er zu verstehen glaubte, ergaben keinen Sinn.

Man hatte den baufälligen Flügel des Klosters zur Armenanstalt bestimmt. Auch hier Spuren des niedergeschlagenen Aufstands. Fast sämtliche Fensterscheiben waren zerbrochen. An der Vorderfront stand ein Holzgerüst. Stapfer hatte versprochen, das Kloster in kürzester Zeit auf Regierungskosten wiederherstellen zu lassen. Die Nonnen, die den unversehrten Teil bewohnten, hatten Pestalozzi mit freundlicher Gleichgültigkeit empfangen. Einzig Truttmann, der Klostergeistliche, hatte ihm Beistand zugesagt.

Pestalozzi ging durch die hohen, hallenden Gänge, maß – er wusste nicht zum wievielten Mal – mit seinen Schritten die Räume aus, in denen er die Kinder versammeln wollte, um sie aus ihrer bettelhaften Verkommenheit zu erlösen. Die Menschen bilden. Ich will sie versammeln um mich und an ihrer Wärme genesen.

In den Räumen war es bitterkalt; der Wind blies durch ungezählte Spalten und Risse. Von der Decke rieselte Verputz. Kein Ofen, kein Herd, kein Mobiliar. In einer Ecke war Stroh angehäuft, das ihm Truttmann verschafft hatte. Pestalozzi nahm einen Arm voll nach dem andern und breitete es über den Boden aus. Wenigstens dies, ein paar Armvoll Wärme, ein wenig Schutz. Er schlug seine Hände gegeneinander, damit das Blut in sie zurückkehrte; doch sie blieben bis zu den Knöcheln leblos wie die Füße in den städtischen Schuhen, die ihm Stapfer als Geschenk aufgedrängt hatte.

Im größten Raum, dem ehemaligen Refektorium, gab es einen Kamin mit geborstenem Mantel. Pestalozzi las draußen im Schnee, bei den Obstbäumen, abgebrochene Zweige auf. Mit Mühe gelang es ihm, Feuer zu schlagen. Er benützte beschriebene Blätter aus seinem Gepäck als Zunder; etwas anderes war nicht zu finden. Das feuchte Holz fing erst nach mehreren Versuchen Feuer. Der Rauch zog schlecht ab und erfüllte den Raum mit beißendem Geruch. Pestalozzi kniete vor dem Kamin und blies ins Feuer; er blies, bis ihm schwarz vor den Augen wurde. Er hielt seine Hände so nahe an die Flammen, dass sie die Haare versengten; doch er empfand keinerlei Schmerz. Das schwache Feuer vertrieb die Kälte nicht.

Es klopfte an die Tür. Im Zimmer war's dunkel. Pestalozzi richtete sich angstvoll im Bett auf.

Wer ist da? Die Tür öffnete sich; von einem Windlicht fiel ein heller Schein ins Zimmer. Kathrin? Konnte es sein? Diese schlanke, fast magere Silhouette, die leichte Neigung des Kopfes. Sie trat ein; die Kerze beleuchtete ihr Gesicht. Er erkannte das Mädchen, dem sie im Gang begegnet waren; enttäuscht sank er in die Kissen zurück.

Soll ich Licht machen?, fragte sie. Pestalozzi nickte. Sie zündete die Öllampe am Kopfende des Bettes an. Sie war jung, vielleicht siebzehn; schüchtern blickte sie an ihm vorbei.

Wollt Ihr essen?

Ich bin nicht hungrig, sagte Pestalozzi.

Einen Teller Suppe vielleicht?

Er nickte. Ich friere, sagte er.

Ich bringe Euch eine Wärmflasche, sagte das Mädchen. Wenn Ihr wollt, kann ich das Zimmer heizen. Mit unbewegter Miene strich sie die Bettdecke glatt. Einen Augenblick lang spürte er ihre Hand auf seinem Schenkel.

Ich bin krank, sagte er.

Sie zog ihm das Kissen mit nachdrücklicher Sanftheit unter dem Kopf weg, schüttelte es, schob es zurück. Ich bringe Euch Lindenblütentee, sagte sie, der vertreibt das Fieber.

Wie heißt du?, fragte Pestalozzi.

Mädi.

So heißt meine Schwiegertochter.

Sie lächelte. Mein Vater ist Korber in Guggisberg.

Mein Vater war Chirurg, sagte Pestalozzi. Ich weiß nicht mehr, wie er ausgesehen hat.

Ist er früh gestorben?

Ich war sechs. Es sind viele gestorben, die um mich waren.

Sie blieb vor ihm stehen.

Mädi, sagte er, leg deine Hand auf meine Stirn, es wird mir guttun.

Sie gehorchte zögernd; ihre Hand war angenehm kühl, fast gewichtlos.

Mein Kopf ist erhitzt, sagte Pestalozzi, und die Füße sind wie Eis.

Das macht das Fieber.

Ich wollte nicht mehr leben. Sie haben mir die Kinder weggenommen. Ich will dir's erzählen, wenn ich bei klarem Verstand bin. Er schwieg; das Mädchen ging hinaus. Die Stelle, wo ihre Hand gelegen hatte, begann zu brennen. Auch Kathrins Hände hatten ihn berührt, schmalfingrige, bräunliche Hände, die den durchlöcherten Ärmeln entschlüpften. Zu dir darf ich nicht zurückgehen. Dein zusammengerollter Körper auf dem Stroh unter all den Schlafenden. Du bist so mager gewesen, so hinfällig zart und widerstandslos. Ein verschattetes Gesicht; meine Worte haben es manchmal aufzuhellen vermocht. Und die Augen? Goldbraun wie Bernstein? Vielleicht. Die Bilder zerfließen. Ich bin krank. Man verachtet mich. Anna hat mein Scheitern jedes Mal vorausgesagt; alles ist mir misslungen. Wohin soll ich jetzt gehen?

Er versuchte zu schlafen, bis das Mädchen wiederkam. Durchs Haus tönten Schritte, manchmal dumpf, manchmal hell. Die Müdigkeit in allen Gliedern, ziehende Schmerzen. Er geriet in einen Zustand des Halbschlafs, in dem er alle Regungen geschärft wahrnahm, obschon er sie nicht mehr zu benennen vermochte. Knistern und Knacken im Holz, Getrappel, eine grollende Stimme, die Befehle zu erteilen schien. Diese unendliche Müdigkeit.

Mädi brachte ihm das Essen. Lautlos war sie eingetreten. Ihre Stimme weckte ihn. Verwirrt blickte er sie an; sein Puls ging so schnell, als hätte er einen beschwerlichen Aufstieg hinter sich. Sie rückte den Tisch neben das Bett und stellte einen dampfenden Topf und eine Karaffe, gefüllt mit Rotwein, darauf. Pestalozzi sog den Duft von Zwiebelsuppe ein; sein Hunger erwachte.

Herr Zehender lässt einen guten Appetit wünschen, sagte das Mädchen, er empfiehlt Euch diesen welschen Rotwein. Morgen solltet Ihr aber mit der Wasserkur anfangen. Sie goss Wein aus der Karaffe in ein Glas; dann verschwand sie.

Pestalozzi, auf dem Bettrand sitzend, löffelte die Suppe mit hastigen Bewegungen in sich hinein; er verschüttete, ohne es zu merken, Suppe auf seinen Kragen, auf Kissen und Leintuch. Dazwischen trank er widerwillig vom Wein, der einen erdigen Geschmack hatte.

Mädi erschien noch einmal mit einem Krug Lindenblütentee und einer in Strickwolle gehüllten Wärmeflasche. Er suchte ihren Blick; doch ihr Gute-Nacht-Gruß klang formell, beinahe abweisend. Er war zu müde, um sie wieder ins Gespräch zu ziehen.

Am frühen Morgen erwachte er von einem rasselnden Geräusch. Er lag im Schweiß. Von Unruhe erfasst, sprang er aus dem Bett. Die Kinder, ich muss zu den Kindern. Das Fenster war in der Dämmerung des Zimmers ein scharfgeschnittenes, fahles Viereck. Er tastete sich den Wänden entlang, stieß an unbekannte Ecken und Kanten.

Ich habe die Kinder husten gehört. Das Faulfieber, ich brauche Arznei. Er öffnete die Tür, stolperte in den Gang hinaus. In den letzten Nächten haben viele erbrochen. Man muss sie säubern, die Kleinsten könnten ersticken. Kathrin hat genug getan. Wofür bezahle ich eigentlich die Magd? Er rüttelte an einer verschlossenen Tür. Sie dürfen sie nicht einsperren, ich will bei ihnen sein. Plötzlich stutzte er; es roch nach muffigen Kleiderschränken. Die Kinder haben anders gerochen. Wo bin ich? Er stand in einem fremden Gang mit überladener Möblierung; Türen reihten sich aneinander. Zehenders Gesicht tauchte vor ihm auf, seine forschende Miene, die fragend gewölbten, buschigen Augenbrauen. Zehender hatte ihn eingeladen, ein paar Wochen im Gurnigelbad zu verbringen. Irgendwo ging knarrend eine Tür. Pestalozzi fürchtete, gesehen zu werden; er suchte den Rückweg zu seinem Zimmer. Die immer gleichen Türen verwirrten ihn. Endlich fand er eine Tür, die nur angelehnt war; er stieß sie auf und trat, unsäglich erleichtert, in ein Zimmer mit aufgeschlagenem Bett, von dem er annahm, dass er darin geschlafen hatte.

Durchs Fenster sah er die düstere Masse des Bergwaldes, einen riesigen, gesträubten Pelz, der unter dem blassgräulichen Himmel zu atmen schien. Ein Vogel pfiff die immer gleiche dissonante Tonfolge.

Noch einmal schlummerte er ein. Er träumte. Der Kutscher saß auf dem Bock und trieb mit Peitschenhieben die Pferde an. In rasendem Galopp rissen sie die Kutsche um Kurven, über Löcher und Schwellen. Pestalozzi wurde von einer Ecke in die andere geworfen. Halt!, schrie er dem Kutscher zu. Halt, um Gottes willen! In der Kutsche saßen weinend die Kinder und hielten sich an ihm fest; sie trugen die zerlumpten Kleider, in denen sie zu ihm gekommen waren. Der Kutscher ließ lachend seine Peitsche knallen; Pestalozzi beugte sich aus der Kutsche, deren Achsen ächzten und quietschten, und versuchte, den Kutscher herunterzuzerren. Aber der lachte; er drehte sich um, und plötzlich hatte er Annas Gesicht, Annas vorwurfsvoll-mürrisches Altjungferngesicht. Die Kinder schrien und bedrängten ihn mit schmutzigen kleinen Händen. Er wollte sie über den Wert der Sittlichkeit belehren; da hielt er nur noch Jacques in seinen Armen, den kleinen Jacques mit wächsernem Gesicht, und er hauchte ihn an, um ihn aufzuwecken; aber Anna, die ihn wegnahm, sagte: Er ist tot.

Pestalozzi, der nun wusste, dass es ein Traum war, zwang sich, die Augen zu öffnen. Er fühlte sich erschöpft, und er wunderte sich, dass der Tod seines Sohnes ihn im Traum unberührt gelassen hatte.

Der Gedanke an den Tod war ihm selbstverständlich, ja tröstlich, obgleich im Untergrund etwas anderes, kaum Bezähmbares mitschwang, Rebellion vielleicht oder Grauen. Es ist ein Schnitter, der heißt Tod. Als Kind hatte er, mit nie erlahmender Neugier, Dürers Kupferstiche betrachtet. Ein feierlicher Abschiedstanz in gemessenem Schritt; die Damen hoben bei der Pirouette höflich die Röcke; auch Kaiser und Papst fügten sich in den Pavane-Rhythmus ein. Keine Verzweiflung, keine Beschwörungen des Leids, nur gravitätisch-stille Endgültigkeit. Er saß, eingemummt in viel zu warme Kleider, auf der Ofenbank, Aug in Aug mit dem Tod, und Barbara hatte ihm befohlen, sich seines Schnupfens wegen nicht vom Fleck zu rühren. So viele sind gestorben, die um mich waren. Die kleinen Schwestern Anna Dorothea und Anna Barbara. Der Vater. Menalk, der Freund. Der Großvater in Höngg, der strenge Mann im Pfarrhaus. Er hatte ihn auf die Knie genommen, ihn den Katechismus repetieren lassen, und wenn er sich verhaspelt hatte, war er zur Strafe ins Ohr gekniffen worden. Im Studierzimmer lag auf dem Schreibtisch ein Totenschädel, dem sich das Kind mit heimlichem Grausen näherte, um ihn von nahem zu sehen. Jochbein, Kiefer, Kinnlade. Der Großvater erklärte, mit dem Finger an den Schädel tippend, diese Ausdrücke, und das Kind musste sie wiederholen.

Draußen aber war das Kind ungebunden. Sommerlange Freiheit. Das dunstige Licht über dem Zürichsee an Julitagen. Wolken, die man, unter dem Nussbaum liegend, zählen und benennen konnte: Kuhwolke, Tantenwolke, Mutterwolke; Narrengesicht und Riesengebäck. Reife Himbeeren, die er mit der Zunge am Gaumen zerdrückte; Kirschen, die sich stehlen ließen, mit einem unbehaglichen Druck im Magen. Die Mägde im Pfarrhaus kochten sie ein; süßer Dampf zog durch den Flur; abends leckte er die Töpfe aus, kratzte den braungebrannten Zucker mit den Nägeln ab. Der Knecht schraubte im untersten Ast des Birnbaums eine Schaukel fest, und das Kind schwang sich in die Höhe, hinein ins durchsonnte Blättergewirr, ins Flirren von Farben und Licht. Aber wenn der Knecht ihn zu sehr antrieb, begann er zu weinen; drohend fuhren Äste und Zweige auf ihn zu; Blätterhimmel und Erde vermischten sich zu unfassbarem, trügerischem Vielerlei. Man musste ihn vom Schaukelbrett herunterheben; ihn schwindelte; der Großvater, wie immer dunkel gekleidet, ermahnte ihn zur Tapferkeit.

Er sah den Bauern bei der Arbeit zu. Gebeugte Gestalten in schmutzigen Kitteln; sie beachteten ihn kaum. Im Rhythmus des Sensenschwungs stapften die Männer vorwärts. Sie bildeten eine lockere Reihe; die Ähren reichten ihnen zur Brust. Manchmal blitzte ein Sensenblatt im Sonnenlicht auf; zwischendurch das Schleifgeräusch des Wetzsteins. Die Frauen banden die Garben zusammen; die größern Kinder bauten die Garbenhäuser, die kleinen lasen die liegengebliebenen Ähren auf. Sie sprachen wenig miteinander; manchmal flogen Schimpfwörter hin und her, oder ein Kind wurde geschlagen.

Er hielt sich immer ein wenig abseits, stand irgendwo im Halbschatten und betrachtete mit sehnsüchtiger Verwunderung dieses fremde Leben. Er wusste: Wer genug Korn hatte, war reich. Die meisten Bauern hier waren arm; sie mussten den Gutsherren den Pachtzins bezahlen oder den Zehnten in der Stadt abliefern, auch in Hungerjahren. Sie lebten von ungesalzener Hafergrütze und schimmligem Brot. Die gottgewollte Ordnung; Schicksal und Bestimmung. Der Arme, sagte Großvater, soll sich in die Armut schicken; wenn er gottgefällig und demütig lebt, ist ihm die Belohnung im Jenseits gewiss. Auch den Kindern sah man die Armut an. Schmutzverkrustete, alt wirkende Gesichter; Schorfbelag und Krätze; sie trugen die Lumpen, die schon die älteren Geschwister getragen hatten: graufarbener, verdreckter und verfleckter Stoff. Kinder gab es überall, auf der Straße, auf Treppen, unter Bäumen; ein hungriges Gewimmel zwischen Hühnern und Schweinen. Die kleinsten durften noch spielen;

viele waren nackt. Sie spielten mit Dreck und Sand, mit Holzklötzen, um die sie Lumpen wickelten. Sie wichen ihm aus, wenn er vorüberging, starrten ihn aus misstrauischen Augen an. Er hätte sich gerne zu ihnen gesellt; er sprach zu ihnen, langsam und deutlich, aber sie verstanden ihn nicht. Untereinander verständigten sie sich mit Zurufen und einzelnen Wörtern, die ihm roh und unvollständig erschienen. Manchmal, wenn er sie im Rücken hatte, hörte er ein kurzes und hartes Lachen. Er drehte sich um; sie verstummten, ihre Mienen zeigten Gleichgültigkeit oder Trotz.

Ihre Vielzahl, ihre Ununterscheidbarkeit schüchterten ihn ein; etwas Unfassbares, eine geheimnisvolle Kraft, verband sie, und er spürte, dass er geschützt wäre vor Verfolgung und Kälte, wenn es ihm gelänge, in ihren Kreis einzudringen.

Ein kleines Mädchen strich ihm nach; sein Rock schleifte über den Boden; es zupfte ihn am Ärmel. Als er fragte, was es wolle, antwortete es nicht, hielt ihm bittend eine Hand hin. Er hatte nichts zu geben; er schämte sich seiner städtischen Kleidung, die die Mägde jeden Abend sauberbürsteten. Er sah das Mädchen noch andere Male; er erkannte es am wirren Kraushaar und an seinem leicht hinkenden Gang. Zwei Knaben hielten es fest und kitzelten es an den Schenkeln und am Bauch; die Haut leuchtete weiß unter dem hinaufgeschobenen Rock. Das Mädchen wand sich katzenhaft; aber kein Laut kam über seine Lippen. Aus gebotener Entfernung schaute er zu; sein Atem ging schneller; Angst, Zorn und Neugier hielten sich die Waage. Einer der beiden Quäler stellte ihm später ein Bein; er fiel, rappelte sich auf; sie maßen einander mit Blicken, in denen sich eher Staunen als Wut spiegelte.

Er schaute zu, wie die älteren Kinder mit Steinschleudern Spatzen töteten. Manchmal hüpften sie noch eine Weile mit blutigen Federn herum, versuchten, die geknickten Flügel auszubreiten, flatterten planlos hierhin und dorthin. Man fing sie johlend ein.

Er sah, wie das kraushaarige Mädchen einen Spatzenbalg rupfte und ihn dann einer Katze zum Fraß vorwarf. Sie wickelten sich bluttriefende Därme um die Finger und Gelenke und erschreckten einander damit.

Er schaute zu, mit lustvoll-ohnmächtigem Grausen. Das war die Welt, die ihm zu Hause, in der Stadt, verboten wurde.

Wenn ihm danach zumute war, flüchtete er sich in den Pfarrgarten. Er kauerte im Halbschatten hinter den Melissesträuchern, die ihn um Kopfeslänge überragten, und er sog begierig ihren betäubenden Duft ein. Bienen umschwärmten den Platz;

ihr Summen klang ihm feierlich und eintönig in den Ohren. Die Erde kühlte seine nackten Fußsohlen. Er beobachtete, wie die Ameisen über seine Zehen krabbelten. Abends zupfte er, zusammen mit der jüngeren Magd, die Blütenblätter, die sich tagsüber entrollt hatten, aus den Blütenböden und ließ sie in ein Körbchen fallen, das sich allmählich mit lockerer, durchsichtig roter Blütenmasse füllte. Sie schütteten die Blüten im Estrich auf ein Tuch; dort trockneten sie in zwei, drei Tagen und schrumpften zusammen zu raschelnden, gewichtslosen Röllchen, die den Tee, der mit ihnen aufgegossen wurde, rotgolden färbten.

Wenige Schritte hinter den Melissesträuchern begann der Kräutergarten: Am süßesten roch die Pfefferminze, am wildesten der Thymian. Er zerrieb ein zartes, junges Basilikumblatt zwischen den Fingern und atmete mit geschlossenen Augen seinen herben Geruch ein. Daneben krausblättrige, sattgrüne Petersilienbüschel, Salbei, deren Blätter versilbert schienen, die Stengel des Schnittlauchs mit violetten Blütenköpfen. Und in der Mitte des Gartens das Rosenrondell mit dunkelrot blühenden Sträuchern, die der Großvater eigenhändig beschnitt.

Er begleitete ihn bei Pfarrbesuchen, und er war stolz darauf, das Psalmenbuch, ab und zu auch die Bibel tragen zu dürfen. Besuche machte der Großvater meist an nassen und trüben Tagen, vor oder nach dem Abendessen. Bei den armseligsten Häusern klopfte er nicht an, sondern stieß sogleich die angelehnte Tür auf. Der Innenraum war düster, rauchgeschwärzt, beinahe fensterlos. Es dauerte einige Zeit, bis im flackernden Licht des Herdfeuers einzelne Gestalten zu erkennen waren. Sie saßen eng aneinandergedrängt am Tisch, auf dem Boden, Erwachsene und Kinder; sie grüßten murmelnd, regten sich aber nicht. Oft nahm ein Webstuhl die Hälfte des Raums ein. Beim Erscheinen der Besucher hörte sein Klappern schlagartig auf; das gewobene Tuch, die Fadenwirrnis schimmerte im Feuerschein. In einem Winkel stand der Schweinekoben, in der Nähe der Tür ein Hühnerkorb; unruhiges grunzendes und gackerndes Leben. Dem Pfarrer und seinem Enkel schlug ein warmer, säuerlicher Gestank entgegen; sie blieben auf der Schwelle stehen, mit dröhnender Stimme las der Pfarrer ein Gebet, sang einen Choral, in den die Hausbewohner leise und undeutlich einstimmten. Irgendwo krochen Kinder im aufgeschütteten Stroh herum. Etwas Tierhaft-Dumpfes ging von diesen Leuten, diesen düsteren Räumen aus, eine Verlockung und zugleich eine Fremdheit wie von einem stehenden Gewässer, dessen Grund nicht zu erahnen ist. Der Enkel stand gebannt auf der Schwelle. Das unruhige Licht tanzte über die Wände und Gesichter. Der Pfarrer erkundigte sich nach dem Wohlergehen; die Leute schwiegen. Den Abschiedsgruß erwiderten sie murmelnd, teilnahmslos. Der Pfarrer und das Kind gingen durch die Dämmerung heim. Hinter ihnen, mit rötlich erleuchtetem Fenster, lag das Haus, das sie verlassen hatten. Diese Verstocktheit, seufzte der Pfarrer und machte so weitausholende Schritte, dass der Enkel ihm kaum zu folgen vermochte.

Er schlief gut im riesigen Bett mit dem knarrenden Nussbaumgestell, der Rosshaarmatratze, den gilbenden Barchenttüchern. Durchs offene Fenster hörte er das Rauschen des Brunnens. Irgendwo plauderten die Mägde miteinander; manchmal stieg ihr Lachen wie platzende Blasen zu ihm empor. Bei aufgehendem Mond sah er die gedrungene Silhouette der Linde, unter der er tagsüber gesessen hatte; wenn sie blühte, erfüllte ihr Duft das Zimmer. Hunde bellten; verschlafen gackerte ein Huhn. Und alle Nachtgeräusche überlagernd: der gemessene Pendelschlag der Standuhr im Nebenzimmer, unterbrochen von vollklingenden Stundenschlägen. Nichts beunruhigte ihn; alles hatte seinen Platz und seine Bedeutung. Hierhin konnten ihm die grauen Gesichter der Armut nicht folgen, auch wenn sie gelegentlich gegen Morgen durch seine Träume geisterten. Aber unentrinnbar nahte die Heimreise. Zurück in die feuchte und lichtlose Stadtwohnung, wo Barbaras rauhe Hände ihn empfingen, wo die Mutter am Küchentisch saß, so zerbrechlich und unbegreiflich unnahbar. Zurück auf die Ofenbank, die Barbara an nassen Herbst- und Wintertagen zu seinem Aufenthaltsort bestimmte, damit er die sorgsam geflickten Kleider nicht beschmutze.

Er lag in diesen Tagen lange wach; Geräusche, die er vorher nicht beachtet hatte, erschreckten ihn jetzt, das Knacken im Holz, ein heiserer Vogelruf. Aus wirren Träumen, in denen er verspottet wurde, erwachte er mit hämmerndem Kopf. Er musste Abschied nehmen. Das Korn war gemäht. Über die Stoppelfelder bliesen die Vorboten der Herbstwinde.

Im gemieteten Zweispänner holte die Mutter ihn ab, in Schwarz gehüllt; ein Hut mit ausladender Krempe beschattete ihr Gesicht. Die beiden Mägde umarmten ihn; der Großvater gab ihm, mit einem letzten ermahnenden Blick, die Hand. Seine feinen, weißen Gelehrtenhände. Auf dem Totenbett traten an ihnen die Adern hervor, blauschwarz angeschwollen, hässliche Knoten, von fleckiger Haut überspannt. Man hatte versucht, ihm die Hände auf der Brust zu einer ergebenen Gebärde zu falten; aber in der Totenstarre wirkten sie trotzig verkrümmt. Er lag im Sarg; das Totenhemd bedeckte ihn, als bestände er aus längst behauenem Stein. Der Enkel warf einen schwarzumwundenen Veilchenstrauß ins Grab; die Glocken läuteten. Es war das Jahr seiner Hochzeit. Du willst Bauer werden?, hatte der Großvater gefragt. Sieh dich um, schau, wie sie leben! Wie willst du eine Frau ernähren?

Ich habe dich zur Frau begehrt, Anna. Ich habe gebettelt, ich habe gerungen um dich. Warum hast du eingewilligt, wenn du gewusst hast, dass ich immer wieder versagen würde? Dieses endlose Zögern. Die eisige Miene deiner Mutter. Geschwätzige Briefe hin und her. Sie haben mich hinausgeworfen, als ich um dich warb. Du bist schweigsam danebengestanden. Ich ließ mich demütigen, deinetwegen. Keine Mitgift, keine Unterstützung. Und zu Hause die Schubladen voll Silberbesteck, Rinds- und Schweinebraten jeden Tag. Am Hochzeitstag habe ich dich im Morgengrauen abgeholt, keiner durfte uns sehen. Ich wusste: unsere Zänkereien würden fortdauern. Und doch sind wir miteinander ins Schiff gestiegen, das uns die Reuß hinuntertrug, nach Mülligen ins halbverfallene Herrenhaus, wo ich dich über die Schwelle hob, das altjüngferliche Mädchen, das ich endlich für mich gewonnen hatte. Drinnen hat meine Mutter gewartet, festlich aufgeputzt, und dir einen aus Rosen geflochtenen Hochzeitskranz aufgesetzt. Du hast ihn weggenommen und gesagt, er drücke dich. Den ganzen Tag war mir elend zumute. In der Nacht lagst du neben mir, steif und kalt; ich habe dich nicht berührt.

An diesem ersten Tag im Gurnigelbad stand Pestalozzi spät auf. Mädi hatte ihm, mit verlegenem Gruß, das Morgenessen gebracht, Brot, Butter, Milchkaffee, einen Krug Quellwasser. Die gekochten Kartoffeln, die sie ihm anbot, wies er zurück, ebenso den Käse. Er aß hastig, mit Überwindung und halbem Ekel; er trank ein wenig Kaffee, ein halbes Glas Wasser. Dann kroch er wieder ins Bett zurück und wickelte sich in die Decken ein.

Gegen Mittag suchte ihn Zehender auf; er war frisch rasiert, duftete nach Eau de Cologne. Pestalozzi saß in dumpfer Luft am geschlossenen Fenster; seine Haare wirkten verfilzt und schmutzig. Er hatte seine Reisekleider noch nicht gewechselt. Obschon dieser Anblick Zehender abschreckte, versuchte er, Pestalozzi in ein Gespräch zu ziehen. Dieser antwortete kaum, nickte ein paarmal dienstfertig, meist an unpassenden Stellen. Mit seinen schwarzen, schlaff über den Stuhl hinunterhängenden Rockschößen erinnerte er Zehender an einen flügellahmen Vogel, der es aufgegeben hat, sich gegen sein Eingesperrtsein zu sträuben.

Zehender beschrieb Pestalozzi einige leicht begehbare Spazierwege. Vor allem empfahl er den Gang zum kürzlich errichteten Pavillon auf der Anhöhe oberhalb der Stockbrunnenquelle; dieser sei ein bevorzugter Aufenthaltsort der Gäste; man finde sich dort meist zu abendlicher Plauderei ein und genieße bei gutem Wetter das Schauspiel des Sonnenuntergangs.

Ich bin ein alter Mann geworden, fiel ihm Pestalozzi ins Wort, aber mein Herz hat Leiden vonnöten.

Zehender schwieg irritiert. Aus Höflichkeit blieb er noch zwei, drei Minuten, die im Schweigen verstrichen; dann verließ er mit seinen leicht gezierten Schritten das Zimmer. Er wusste nicht, ob das, was er spürte, Mitleid war oder ein Anflug von Verachtung.

Pestalozzi verzichtete aufs Mittagessen. Mit ängstlicher Vorsicht, als ob er verbotenes Gelände betrete, ging er durch die labyrinthischen Hotelkorridore und suchte den Ausgang. Dennoch prallte er beinahe mit zwei Gästen zusammen, die, erschrocken grüßend, zur Seite wichen.

Vor einer Tür kniete ein Bursche und putzte lederne Reisestiefel; mit raschen, fast zornigen Kreisbewegungen rückte er ihnen zuleibe. Er stand auf, als Pestalozzi sich näherte, und führte ihn wortlos ins Freie.

Das Licht hatte etwas Überhelles, Ungewisses. Geblendet schloss er für ein paar Augenblicke die Augen. Auf der Terrasse promenierten die Gäste; man starrte ihn an, man grüßte ihn. Sogleich ging er geduckter, mit eingezogenem Kopf. Er wählte einen halb überwachsenen Seitenweg, der ihm am wenigsten begangen zu sein schien. Nach einer kurzen, durch kniehohes Gras führenden Strecke tauchte er in den Wald ein.

Das Aufwärtsgehen wurde ihm beschwerlich; sein ganzes Gewicht schien in die Beine gesunken zu sein. Er atmete stoßweise; alle paar Meter blieb er stehen, die Hände auf die Brust gepresst; er spürte, dass das Hemd durchgeschwitzt war. Doch statt umzukehren, schlug er einen seitlich abbiegenden Pfad ein, der in leichter Neigung den Hang entlangführte. Brombeerranken hakten sich an seinen Hosen fest. Er riss sich gewaltsam los. Er kam zu einem Wildbach. In seinem Bett türmten sich die Felsbrocken übereinander. Zwischen ihnen floss das Wasser talwärts, schäumte von Stufe zu Stufe und kam im felsgerahmten Becken zur Ruhe. Dort war es von zitternder Klarheit; ungehindert leuchteten die Farben von Kiesel und Geröll daraus hervor. Über Steinhaufen kletterte Pestalozzi zum Wasser hinunter. Er setzte sich auf einen Felsblock. Das Rauschen des Wassers umfing ihn, schwoll an zu betäubender Gewalt; es schien allgegenwärtig, ohne Anfang und Ende. Unmittelbar vor ihm stürzte sich der Bach über einen mannshohen Vorsprung hinunter. Gischtschleier, ab und zu, bei einem Windstoß, wurde sein Gesicht besprüht. Quer über zwei Blöcken lag ein Ast, faserig entzweigerissen, mit feuchtgelber Innenfläche; Tropfen liefen die Rinde entlang und lösten sich, immer an der gleichen Stelle, als gehorchten sie einem geheimen Rhythmus.

Pestalozzi achtete kaum darauf; er hörte nur das Rauschen, sah nur die Steine ringsum. Steine in jeglicher Größe, Steine in jeglicher Form. Scharfkantige, zerklüftete Brocken. Würfel und Quader. Rundgeschliffene Kiesel. Abschüssige, kalkweiße Flächen mit Glimmerstellen. Dunkle, sich verzweigende Adern; flimmrig kleingezackte Einsprengsel. Tüpfelungen, Maserungen. Zarte Übergänge von Weiß zu Rosa, von fahlem Grün zu Ocker. Steine, die wie augenlose Köpfe aus dem Wasser ragten. Versteinerte Windungen. Steine, zierlich wie Vogeleier. Steine wie rußgeschwärzte Münzen. Rötlich behauchte Kiesel, die an Zuckergebäck erinnerten, länglich-blasse wie Knochenstücke, mit violetten Striemen. Steine, nichts als Steine. Steine reden nicht. Geduldiges Felsenfleisch. Ihr harrt aus, ihr lasst Zeit an euch abfließen. Ich verstehe eure Stummheit, ich lese in eurem verborgenen Kalk- und Gneisgedärm. Geduld, nur Geduld. Alles vergeht. Stein schleift an Stein. Das Wasser spült Staubkorn um Staubkorn weg. Euer Leben ist ein langer Tod.

Ich will euch eine Rede halten über die Emporbildung des Menschengeschlechts, Steine. Wir müssen die düsteren Farben der Armut verwandeln in Klarheit und Licht. Der Mensch soll werden, wozu er geboren ist. Ihr seid, nur das: ihr seid. Der Mensch muss erst zum wahren Sein gelangen, und das ist nicht in Gott zu finden, sondern in gerechten Verhältnissen.

Der bröckelnde Verputz im Kloster zu Stans. Gipsstücke, die am Boden zerbarsten. Jeden Morgen das Fegen und Wischen. Stapfer schickte Arbeiter, die mürrisch und lustlos das Gemäuer ausbesserten. Ihr Schimpfen dröhnte durch die Gänge. Die versprochene Magd hatte sich eingefunden. Das Gesicht faltendurchzogen, lederbraun. Rauchumhüllt stand sie vor dem Holzherd, den der Klostergeistliche hatte herbeischaffen lassen, und kochte Hafersuppe; sie rührte im Topf und murmelte vor sich hin. Pestalozzi versuchte ihr zu erklären, was in diesen Räumen geschehen sollte; aber sie hörte nicht zu und stieß, als er im Überredungseifer ihren Ärmel packte, drohende Laute aus. Da ließ er sie gewähren.

Es war der Tag, an dem die ersten Kinder kamen. Sie standen draußen im Schnee, eine lose Gruppe, graugesichtig, voller Angst. Er entdeckte sie gegen Abend, beim Holzsammeln; aber er wusste nicht, wie viele Stunden sie schon gewartet hatten. Er ging auf sie zu; sie wichen Schritt für Schritt zurück. Kathrin war einen Kopf größer als die Übrigen; sie hatte ihre Arme um die beiden Kleinsten gelegt. Pestalozzi blieb stehen, die Gruppe auch. Der Abstand hatte sich ein wenig verkleinert.

Das Essen ist bereit, sagte Pestalozzi. Sie musterten ihn; kein Wort war zu hören. Pestalozzi drehte sich um und ging ins Kloster hinein. Er ließ die Tür offen. Sie folgten ihm, jedes laute Geräusch vermeidend. Der Suppenduft lockte sie über die Schwelle. In der Nähe des Herds drängten sie sich dicht aneinander, fluchtbereit, mit gespannten Gliedern. Er schöpfte Suppe in die Näpfe und bot sie ihnen an; murrend sah die Magd zu. Die Kinder aßen im Stehen; sie tauchten die Finger in den Napf und leckten sie ab. Kathrin aß wenig; unverwandt blickte sie zu Pestalozzi hin. Sie hatte ein mongolisch anmutendes, schmales Gesicht, hohe Backenknochen und leicht schräg stehende Augen. Selbst in ihren Lumpen wirkte sie graziös; sie hatte eine Art, den dünnen Wollschal um sich zu legen, die ihrer Haltung etwas selbstverständlich Stolzes gab.

Pestalozzi sprach sie an: Wer hat euch den Weg zu mir gezeigt?

Sie schwieg; er wiederholte die Frage.

Man hat uns gesagt, dass Ihr uns aufnehmen wollt. Sie sprach deutlich, jedes Wort betonend.

Bist du noch hungrig?

Sie schüttelte den Kopf. Er machte einen Schritt auf sie zu. Ihre Augen weiteten sich; er sah ihr die Willensanstrengung an, mit der sie ihre Furcht überwand.

Wer hat euch denn bisher zu essen gegeben?, fragte er.

Wir haben gebettelt, sagte sie, Gleichgültigkeit vortäuschend; aber erstmals senkte sie den Blick.

Wie heißt du?

Sie schwieg.

Du hast doch gewiss einen Namen.

Kathrin, sagte sie, fast unhörbar.

Die Magd rührte wieder im Topf; sie hatte Wasser hinzugegossen, so dass er voll war wie zuvor.

Wollt ihr nicht bei mir bleiben?, fragte Pestalozzi.

Bleibt; diesmal wird es gelingen, Anna; ich werde dich ins Unrecht versetzen, ich will dir beweisen, wozu meine *Methode* taugt.

Die Kinder stahlen sich, eines nach dem andern, zur Tür hinaus. Pestalozzi stolperte ihnen nach; er spürte stechende Schmerzen in der Brust. Die Kinder schienen sich draußen flüsternd zu unterhalten. Um die Füße hatten sie mit Bienenwachs verstärkte Barchentlappen gewickelt. Es schneite in kleinen, wirbelnden Flocken. Nach kurzer Beratung gingen die Kinder davon. Schattengestalten in dichter werdendem Flockenfall. Sie verschwanden im Nebel, aus dem Düsternis und Kälte strömten. Der Schnee begann die Konturen auszulöschen, die Grenzen zwischen den Dingen zu verwischen. Das Unheimlich-Ungreifbare nahm Besitz von der Welt. Hinter sich hörte Pestalozzi ein kollerndes Lachen. Erschrocken fuhr er herum. Drinnen kauerte die Magd vor dem Herd und warf frische Scheiter in seinen offenen, feuerglühenden Schlund; ihr Kopftuch, ihr Gesicht waren rot beleuchtet. Sie lachte unbändig, in langen Stößen, die ihren ganzen Körper erschütterten. Hexe, schrie Pestalozzi, alte Hexe! Sogleich verstummte sie und fiel, nach einer Pause, in ihr gewohntes Murmeln zurück.

Am nächsten Tag, zur Essenszeit, kamen die Kinder wieder. Sie bahnten sich einen Weg durch den frischgefallenen Schnee, in dem sie beinahe hüfttief versanken. Zwergenhafte Figuren mit abgeschnittenen Beinen; Verstümmelte und Verkrüppelte. Ich werde sie heilen. Pestalozzi stand am Fenster. Kathrin ging allen voran; mit gesenktem Kopf stemmte sie sich gegen den Wind, zog Schritt für Schritt ihre Füße aus dem Schnee. Der Himmel war heller als am Vortag; es schneite noch immer, sehr fein jetzt.

Im Topf brodelte die Suppe. Pestalozzi hatte von den Klosterfrauen einen Laib Brot bekommen. In Scheiben geschnitten, lag er auf einem Brett. Die Hilfsküche war wohnlicher geworden; Truttmann hatte einen Tisch aufgetrieben, ein paar Fichtenbretter vielmehr, die, behelfsmäßig zusammengenagelt, über zwei Böcken lagen. Ringsum wacklige Stühle, ebenfalls ein Geschenk der Klosterfrauen.

Pestalozzi hieß die Kinder willkommen. Sie putzten sich mit ungelenken Bewegungen den Schnee von den Kleidern. Sie schwiegen; aber über Kathrins Gesicht stahl sich ein kaum erkennbares Begrüßungslächeln, das er hungrig in sich aufnahm. Die Haut der Kinder war bläulich durchfroren. Sie aßen gierig aus den gewaschenen Näpfen, im Stehen wiederum. Sie stopften sich das Brot mit beiden Händen in den Mund, so dass ihre Wangen hamsterähnlich anschwollen. Sie kauten hastig, voller Anstrengung, damit ihnen keiner die zweite Scheibe wegstahl.

Pestalozzi bewog sie dazu, ihm in den ungeheizten Schlafraum zu folgen, wo die Kleiderbündel lagen. Er fuhr mit seinen Händen liebevoll über Barchent, Leinen und Wolle; er hob mit Flicken übersäte Hosen in die Höhe; er breitete zusammengefaltete Röcke auf dem Boden aus und strich sie glatt; er entrollte wollene Strümpfe, lauter ausgetragene und verwaschene Kleidungsstücke, die gutwillige Bürger in Luzern und Aarau zusammengetragen hatten. Die Kinder starrten auf den Haufen, den Pestalozzi, Bündel um Bündel aufschnürend, mit ungeschickten Händen anwachsen ließ. Ihr sollt es warm haben bei mir, sagte Pestalozzi. Aber zuvor will ich euch von Ungeziefer und Schmutz reinigen.

Ratlos blickten die Kinder ihn an; eines schnitt ihm eine Grimasse. Pestalozzi befahl der Magd, die in der Küche rumorte, Wasser aufzusetzen, ihm Tücher zum Trocknen zu bringen, Wundsalbe, die er den Nonnen abgebettelt hatte. Mürrisch, ununterbrochen den Kopf schüttelnd, machte sie sich an die Arbeit. Unterdessen forschte Pestalozzi nach den Namen der Kinder; ihr abermaliges Schweigen schien ihm verstockt, ja listig und vorbedacht. Kathrin, von den andern gleichsam als Unterhändlerin vorgeschoben, nannte ihm die Namen. Hatte sich nicht eines wieder weggeschlichen? Als das warme Wasser bereit war, forderte er sie auf, vor ihn hinzutreten. Zögernd, von Kathrin sacht gestoßen, gehorchten sie.

Pestalozzi zog sie aus. Bei einigen lösten sich die Kleider in Fetzen von der Haut; unsäglich dünner Stoff, dem nur noch der Schmutz eine gewisse Steife verlieh. Kathrin half ihm, zuerst unentschlossen, dann mit mütterlich-entschiedenen Griffen. Sie wuschen gemeinsam, in schweigendem Einverständnis, die Kinder, die nackt und zitternd auf dem Stroh standen, das er für sie ausgebreitet hatte. Magere weiße Kinderkörper unter Stuckornamenten; der Abdruck der Rippen auf kältegepeinigten Rümpfen; verbogene Schultern, verkrümmte Beine. Kaum eines war gerade gewachsen. Sie rochen nach Rauch, Kot und Fäulnis. Er löste sorgsam den Schmutz auf, wusch ihn mit sanften Bewegungen weg; er tupfte Eiter aus unverheilten Wunden oder blutiggekratzten Ausschlagstellen; er befreite sie von bröckelndem Schorf; er strich Salbe über entzündete Flohstiche, knotete Baumwolltücher zu notdürftigen Verbänden. Das Wasser im Zuber erkaltete allmählich; seine Finger wurden klamm. Maria, das kleinste der Mädchen, weinte leise, mit den Zähnen klappernd. Er rieb sie trocken, bis ihre Haut brannte. Er nahm Kleider vom Haufen, probierte, Maß nehmend, ihre Größe aus und half ihnen beim Anziehen. Es tut nichts, wenn die Kleider ein wenig zu groß sind, sagte er, die Lufträume in den Falten werden euch wärmen. Neu eingekleidet, puppenhaft vermummt, standen die Kinder vor ihm.

Er half auch Kathrin aus ihrem ausgefransten Rock. Ihre Nacktheit erschreckte ihn; sie hatte wohlgeformte, kleine Brüste, deren Warzen, der Kälte wegen, runzlig zusammengeschrumpft waren. Sie bedeckte mit beiden Händen ihre Scham. Klaglos ertrug sie das kaltgewordene Wasser, mit dem er sie begoss. Als er sie berührte, schien sich sein Brustkorb schmerzhaft zu verengen, und er begann, mit abgewandtem Gesicht, stoßweise zu husten. Ihre Haut war weicher als bei den andern und für seine kältestarren Fingerspitzen zärtlich warm. Er rieb sie trocken; einen Augenblick lang verirrten sich seine Hände zu ihren Brüsten, und unter dem nassen Tuch spürte er das nachgiebige Fleisch.

Sie zog den braunen Rock mit der roten Samtbordüre an, den er für sie auf die Seite gelegt hatte; in ihm wirkte sie älter und ernster, auf eine unbekümmerte Weise erwachsen. Sie schüttelte ihre Haare zurecht, eine ungebärdige Fülle dichten, schwarzen Haares, das, zum Teil strähnig verfilzt, auf ihre Schultern fiel.

Morgen, sagte Pestalozzi, morgen geht's den Läusen an den Kragen; in euren Haaren wimmelt's davon. Könnt ihr buchstabieren? L-A-U-S. Er lachte.

Ihr werdet's lernen bei mir. A-B-C-D-E. Ihr werdet lesen und rechnen lernen. Ich gebe euch eure Würde zurück. Ihr seid Menschen und nicht Tiere. Er strich Maria übers Haar. Stumm schauten die Kinder ihn an.

Vier blieben in dieser Nacht bei ihm, darunter Kathrin. Er sorgte dafür, dass ihr Lager weich und bequem genug war. Er riet ihnen, sich in die Wolldecken einzuwickeln, damit sie die nächtliche Kälte unbeschadet überständen. Aber sie waren Schlimmeres gewohnt; erst später erfuhr er davon. Er sprach ein Abendgebet, in dessen Amen sie halblaut einstimmten. Seine Stimme hallte durch den kahlen Raum. Bevor er ihn verließ, zupfte er ihre Decken zurecht, schob Stroh unter ihre Köpfe. Aus Kathrins Haarschopf entfernte er ein paar Halme, die sich darin verfangen hatten; sie sah ihm mit der gleichen ungeteilten Aufmerksamkeit in die Augen wie bei der ersten Begegnung. Er wartete auf ein Lächeln; aber ein merkwürdig eindringlicher Ernst verbannte jede andere Regung aus ihrer Miene. Er blies die Kerze aus, mit der er den Kindern geleuchtet hatte. In der Dunkelheit, die eine kurze Weile weihnachtlich nach Kerzenrauch duftete, lauschte er ihren regelmäßiger werdenden Atemzügen. Seine Augen gewöhnten sich an die Finsternis; ihm schien, sie sauge ein wenig neblige Helligkeit von draußen in sich auf; er erahnte sogar die Konturen der schlafenden Kinder.

In seinem engen Gemach lag er lange schlaflos im Stroh; die nachklingende Erregung hielt ihn in einem Zustand der Überwachheit. Er tastete nach seinem Glied. Dieser nutzlose, schwellend eigenmächtige Aufwand der Natur. Wie oft hat mein Geist die körperliche Begierde beschwichtigen müssen. Anna, die mir abweisend den Rücken zukehrt oder ihr Unwohlsein vorschützt. Vertrocknet die Leidenschaft der ersten Tage. Am nächsten Morgen zeigten sich an den Fenstern des Schlafraumes Eisblumen, deren Entstehung und Beschaffenheit Pestalozzi den schlaftrunkenen Kindern noch vor dem Morgenessen erklärte.

Eisblumen. Bläulich schillernde, metallisch funkelnde Kristallgewächse. Wuchernde Ornamente. Tot und doch lebendig. Unter meinem Hauch vergehen sie wie ein Traum. Versteht ihr mich?

Am gleichen Tag noch brachte der Büttel, auf Geheiß des Statthalters, weitere Kinder. Sie waren in Stans und Umgebung herumgestreunt. Jene, die sich sträubten, trieb der Büttel mit Schlägen voran; einem, der noch verstockter und verwilderter erschien als die andern, hatte er die Hände gefesselt.

Hier, sagte der Büttel, jetzt sorgt für sie. Grußlos drehte er sich um und ließ die Kinder im breitgetretenen Schnee vor dem Kloster stehen.

So viel Misstrauen, Dumpfheit und Furcht. Sie haben gesehen, wie ihre Väter und Mütter von französischen Kugeln zerfetzt wurden. Sie haben gesehen, wie ihre Behausungen in Flammen aufgingen. Welch unaussprechliche Verwilderung und Verödung der Menschennatur. Ich nehme sie auf. Ich will ihr Vater sein, ihr Bruder, ihr Lehrer.

Der Gefesselte stand ein wenig abseits; er wirkte jetzt teilnahmslos und erschöpft. Mit immer wieder abgleitenden Fingern befreite ihn Pestalozzi von den Schnüren, die um seine Handgelenke geknotet waren. Sobald sich der Junge unbehindert fühlte, sprang er Pestalozzi an wie eine Wildkatze und zerkratzte ihm das Gesicht. Dann rannte er davon, ruinenwärts; alle paar Schritte stolperte er und rappelte sich wieder auf. Ein anderer folgte ihm, laut rufend.

Pestalozzis zerschundene Wange brannte. Ich werde sie für mich gewinnen. Anna, du sollst staunen. Er hörte drinnen die Magd lachen. Schweig!, schrie er.

Noch mehr Kinder kamen. Hungernde Mütter schleppten sie her, Verwandte, die überzählige

Suppenesser loswerden wollten. In der wachsenden Kindergesellschaft tauten die Kühneren bald auf, widersetzten sich Pestalozzis Anweisungen, tobten herum, schüchterten Ängstliche und Schwächere ein. Sie rissen einander die Näpfe aus der Hand, ließen sie an Wänden und Decken zerschellen. Viele liefen davon und wurden wieder eingefangen. Tagsüber herrschte im Kloster ein unbeschreiblicher Lärm, ein misstönendes Durcheinander von Johlen, Weinen, Wimmern, Schreien. Pestalozzi, hierhin und dorthin eilend, trennte Streithähne mit Püffen und Ohrfeigen voneinander, tröstete im Vorübergehen jene, die hilflos weinend an den Wänden standen, löffelte den Kleinsten, von Kathrin unterstützt, den Brei in den Mund, während ringsum sich neue Kampfszenen abspielten, die er mit der Zeit zu übersehen lernte. Es gab schon nach den ersten Tagen einen innern Kreis von etwa einem Dutzend Kindern, die sich an Pestalozzi hängten und mit denen er sich zu verständigen vermochte. Kathrin wurde zu seiner Vertrauten, die bei den Widersetzlichen und Ungebärdigen für ihn einzustehen versuchte. Ende Februar wohnten fast achtzig Kinder im Kloster. Sie schliefen, nebeneinandergepfercht, in zwei halbwegs instand gestellten Räumen. Trotz der zahllosen Ritzen, durch die der Wind pfiff, herrschte in ihnen am Morgen jeweils ein unerträglicher Gestank. Pestalozzi lehnte es ab, außer der stumpfsinnigen Magd noch weitere Hilfskräfte anzustellen. Ich verwirkliche eine der größten Ideen meines Zeitalters. Es geht, es muss gehen. Ich lösche die Schande meiner Jugend aus. Zerbrecht den Becher meines Elends und trinkt auf meine Errettung. Was ich vollbringen werde, hat noch keiner vollbracht.

Pestalozzi, auf dem Felsblock sitzend, schaute ins wirbelnde und schäumende Wasser, in die unaufhörliche Bewegung des Elements. Die Sonne stand so tief, dass sie ihn nicht mehr erreichte. Die Farben ringsum schienen sich verdunkelt zu haben; tiefgrün durchströmte das Wasser die Felsenbecken. Pestalozzi bückte sich nach Steinen und warf sie in den Bach, dorthin, wo er am ruhigsten war. Die Kreise dehnten sich, der Strömung wegen, zu unruhigen Ovalen und wurden, ehe sie sich am Ufer brachen, von kleinen, beinah unsichtbaren Wellen überschwappt und ausgelöscht. Den letzten Stein, den er werfen wollte, wog er in der Hand und hielt dann in der ausholenden Bewegung inne, um ihn noch einmal zu betrachten. Knollenförmig, von pastellgelber Grundfarbe, glänzte der Stein vor Nässe; eine weiße, kristalline Ader zog sich quer durch ihn; eine schwarz-grüne Tüpfelung begleitete sie am untern Rand und verdichtete sich, gegen einen Riss hin, zu dunkelgrün schummriger Fläche. Er steckte den Stein in seine Tasche. Ich will fortan Steine sammeln und mich an ihrer Eigenart erfreuen. Er suchte, am Ufer auf und ab kletternd, noch andere Steine. Seine Taschen begannen sich nach außen zu bauschen; er spürte ihr zunehmendes Gewicht. Das Wasser wehte ihn kalt an. Er fröstelte. Ging die Sonne schon unter? Er fürchtete sich davor, von der Dunkelheit überrascht zu werden. Nach planlosem Suchen fand er den Pfad wieder, der ihn zum Bach geführt hatte. Er beschleunigte den Schritt, versuchte, den Kopf im Nacken, zwischen den Wipfeln die Helligkeit des Himmels abzuschätzen. Während er beinahe rannte, wurde der untere Teil seiner Jacke, vom Steingewicht beschwert, hin- und hergebeutelt. Die Fichten: ein aufmarschierendes Heer schwarzer Verfolger. Als er den breitern Weg erreichte, beruhigte er sich.

Zschokke, ich muss mit dir reden, ich muss dich zwingen, mir das Recht zur Verteidigung einzuräumen. Was habe ich verbrochen, dass du mich derart angeschwärzt hast? Es ist mir zu Ohren gekommen, was in deinem Bericht ans Direktorium steht. Missdeutungen, Widrigkeiten, die du fürs Ganze genommen hast. Du hast versäumt, auf den Geist zu horchen, der in meinem Unternehmen wehte, du hast den Bau meiner *Methode* aus Verstümmelungen ableiten wollen. Das ist falsch, Zschokke, gänzlich falsch. Ich habe Fundamente gelegt, die zum Zeitpunkt deiner Inspektion noch unsichtbar waren, ich habe Wurzeln begossen, deren wachsende Kraft noch nicht in die Blätter zu steigen vermochte.

Du wirfst mir vor, jegliche tätige Hilfe verschmäht zu haben. Ja, ich habe mich den Kindern mit Haut und Haaren ausgeliefert, lebend und leidend wie sie. Wen hätte ich denn sonst in diese alle Kräfte verzehrende Lage mit hineinzerren sollen? Ich wollte keine verknöcherte Schulmeisternatur um mich dulden, die mit pedantischem Eifer all das vereitelt hätte, wonach ich strebte. Ich wollte ungeteilt die Erfahrungen sammeln, die zur Errichtung meines Erziehungsgebäudes notwendig sind. Ich wollte allein sein unter ihnen, auf mich und meine unvollkommenen Fertigkeiten angewiesen; ich wollte mein Tun, meine Erfolge und meine Niederlagen in ihren Mienen widerspiegelt sehen; ich wollte diesen Kampf durchfechten, ohne nach der Hilfe anderer zu schreien. Wie sonst könnte mir der Beweis gelingen, dass meine *Methode* die erhofften Resultate zeigt? Glaub mir, noch in der elendesten tierhaften Menschennatur liegt der Keim zur Sittlichkeit; ich habe ihn freigelegt mit bloßen Händen, und ich habe ihm, allein durch die wärmende Hingabe meiner Allgegenwart, zum Wachstum verholfen. Dies ist das Hauptsächliche meiner *Methode:* Sie schöpft einzig aus mir und den Reichtümern der engsten Umwelt, sie beruht auf Einfachheit und kräftebildender Wiederholung.

Du kreidest mir die Unordnung, das lärmende Durcheinander an, das du angetroffen hast, meine Wirtschaftsführung. Ich bin keine Buchhalternatur, Zschokke, ich bin von jeher ein Mensch gewesen, der hinter Äußerlichkeiten zu dringen versuchte. Warum ist dir das augenfällig Wohlgepflegte wichtiger als der innere Zustand einer Menschenseele? Hast du nicht das zutrauliche Lächeln gesehen, das die Gesichter der Kinder verschönte, wenn sie mich Vater nannten? Ihr Vater bin ich gewesen, mit Leib und Seele. Geh zu Fellenberg nach Hofwil, wenn du Ordnung und in Zöpfchen gezettelte Misthaufen sehen willst; aber atme auch die Seelenlosigkeit ein, die wie ein Pesthauch über den wohlgekämmten Patriziersöhnen liegt. Ein solches Mustergut, wo das Äußerliche im Glanz der verkappten Herrschaft erstrahlt, treibt mir die Schamröte ins Gesicht, auch wenn ich's, da Fellenberg sich auf mich beruft, niemandem anzuvertrauen wage. Ein letztes Wort, Zschokke, ich bin ein Irrender wie du, aber ich habe geglaubt, du seist mir zumindest ein verständiger Freund, und nun hast du mich verraten. Ich trage unsere Freundschaft zu Grabe, wie so manches in meinem Leben, und ich will deswegen keine Tränen vergießen. Ich bin oft schon im Leiden erstarkt, und wenn ich diesmal wieder aus meiner Mutlosigkeit aufzutauchen vermag, werde ich dir beweisen, dass du dich in deinem Urteil über mich irrst.

Zwischen den Bäumen wurde es dämmrig; Laub, Kräuter, Strünke verschmolzen. In der Nähe schrie ein Kauz; manchmal raschelte es im Unterholz von einem flüchtenden Tier. Als er aus dem Wald trat, sah er die sinkende Sonne über den Schattenrisskämmen des Juras, Feuerkugel in der Kälte des Weltraums.

Nein, ich habe mich belogen. Ich habe die Kraft nicht mehr, neu anzufangen. Zweiundfünfzig Jahre auf diesem gottverlassenen Planeten. Ich bin zu alt, als dass ich noch zu retten wäre. Ich halte mich an Strohhalmen fest, die der nächste Misserfolg hinwegschwemmen wird. Was soll ich mich rechtfertigen für abgebrochene Werke? Ihr habt ja Grund, mich anzuklagen, ihr alle habt Grund dazu. Ich bin ein alter, närrischer Mann geworden und immer noch im kindlichen Traumsinn befangen. Was ich angefasst habe, ist mir unter den Händen zerronnen. Nichts hat standgehalten. Ich weiß, dass mir die Fähigkeit zum Erwerb fehlt. Alle, die um mich waren, haben es büßen müssen. Anna, ich will dir nicht mehr grollen, du hast dich mit einem Mann eingelassen, der den Misserfolg in seinem Wappen trägt. Und doch, Anna, und doch: Es hätte besser gehen können, wenn du an mich geglaubt hättest. Hast du jemals an mich geglaubt? Hast du jemals auf mich gehofft?

Die finstere Masse des Kurhauses stand vor ihm; noch brannte kaum ein Licht. Vor dem Seiteneingang, den er beinahe zufällig fand, wartete Zehender auf ihn. Wir haben Sie vermisst, Herr Pestalozzi, sagte er tadelnd.

Ich bin durch den Wald gegangen, sagte Pestalozzi.

Kommen Sie, ich führe Sie ins Zimmer. Das Mädchen hat Ihnen das Essen warmgestellt.

Ich bin nicht hungrig.

Nach einer solchen Anstrengung? Essen Sie doch ein paar Bissen, Ihrer Gesundheit zuliebe, und trinken Sie von unserem Mineralwasser. Eine leicht bekömmliche Ernährung hilft Ihnen am schnellsten wieder auf die Beine.

Sie gingen durch die Gänge, in denen sich Pestalozzi noch immer nicht zurechtfand. Aus dem entfernteren Flügel erreichte sie Stimmengewirr, das in Pestalozzis Ohren zum Nachklang des Wasserrauschens wurde. Ein Kind weinte. Man musste es alleingelassen haben, und nun fürchtete es sich vor der hereinbrechenden Finsternis. Im Zimmer waren die Umrisse der Möbel noch knapp sichtbar. Pestalozzi setzte sich aufs Bett und leerte seine Taschen. Er reihte die Steine sorgfältig nebeneinander.

Ich habe Steine gesammelt, sagte er, auch in ihnen waltet die Wahrheit der Natur. Zehender holte eine Kerze; ihr Schein hob die Steine als unansehnliche, schmutziggraue Höcker aus dem weißen Bettzeug heraus; die nassleuchtenden Farben waren verblasst. Zehender schwieg.

Sie müssen sie anschauen, sagte Pestalozzi mit dringlich erhobener Stimme und hielt Zehender einen der Steine vors Gesicht, bei Tageslicht werden Sie sehen, welche Vielfalt an Farben und Formen ihnen innewohnt.

Zehender nickte höflich. Auch der große Goethe, sagte er, lenkt unsern Blick immer wieder auf das Kleine, auch er entdeckt das Göttliche im Geringen und Bescheidenen.

Goethe?, rief Pestalozzi und sprang erregt auf. Schweigen Sie mir von Goethe! Er mag groß sein, aber es ist eine zermalmende Größe; sie lässt alle, die in seinem Schatten stehen, ersticken.

Ich hörte, hakte Zehender ein, Sie seien ihm in Weimar begegnet.

Ich habe ihn aufgesucht wie ein ehrfürchtiger Pilger; er hat mich empfangen wie ein Hof haltender Fürst. Er kannte *Lienhard und Gertrud* und hat mir das Malerische daran gerühmt. Ich flehte ihn an, sich bei Hof für eine Armenanstalt einzusetzen, und er wies mich auf die wohlgestufte Ordnung des Fürstentums hin. Was sich in Frankreich ereignete, tat er als Verirrung des Menschengeschlechts ab. Er achtet die Würde der Armut nicht; sie dient ihm höchstens als Staffage für den Edelmut seiner bürgerlichen und adligen Figuren. Wissen Sie, Zehender, was seine Stärke und Schwäche zugleich ausmacht? Er liefert sich niemandem aus, niemandem ganz; er gibt sich keinem Menschen und keiner Idee mit Haut und Haaren hin. Wo er verletzt zu werden droht, entzieht er sich. Das wenige, das er erleidet, verwandelt er nicht in Taten, die neues Leiden brächten, sondern in Verse, die seinen Ruhm vermehren. Er nimmt überall, ohne zu geben; davon schwillt er an wie ein blutsaugendes Ungeheuer. Ich sehe ihn thronen auf den Leichen jener, die er ausgesogen hat; es ist ein eiskalter, tödlicher Glanz, den er verbreitet. Pestalozzi hatte sich in fiebrige Aufregung geredet; ermattet brach er ab, sank aufs Bett zurück.

Ihr Urteil ist hart, sagte Zehender, und vielleicht verleitet Sie Ihr augenblicklicher Zustand zu solcher Härte.

Pestalozzi winkte ab. Lassen Sie mich allein, sagte er leise, Sie haben recht, mein Verstand ist getrübt; ich widerspreche mir selbst.

An der Tür drehte sich Zehender noch einmal um. Ein paar Gäste haben Sie übrigens erkannt, sagte er aufmunternd, der Verfasser von *Lienhard und Gertrud* kann sich unter gebildeten Leuten nicht lange verleugnen. Aber ich werde dafür sorgen, dass man Sie nicht belästigt. Behutsam schloss er die Tür.

Pestalozzi ging zum Wasserkrug und trank in langen Schlücken. Dieses einzige Buch, an dem man mich misst. Tausendmal habe ich's in Grund und Boden verdammt.

Das laue Wasser, das in ihn hineinrann, vermochte seinen Durst nicht zu löschen. Fäulnisgeschmack. Angeekelt setzte er den Krug ab. Er goss das restliche Wasser ins Emailbecken und wusch sich das Gesicht. Goethe, Goethe, du hast deine himmelstürmende Jugend verraten. Und ich? Ich verkümmere im Schatten deines Ruhms, Goethe. Dieser Halbgott in seinem Prunkzimmer neben den Gipsabgüssen griechischer Statuen. Jede Falte seines Gewandes auf Wirkung bedacht. Die Gleichgültigkeit dieser dunklen Augen, die mich abgeschätzt haben, als wäre ich ein Objekt. Dein Ruhm hat mich zum Tölpel gemacht. Ich habe gestottert, mehr als sonst.

Nach der Audienz bei Goethe hatte ihn der Diener hinausgeführt. Pestalozzi hatte ihn in ein Gespräch verwickelt; seine Beredsamkeit kehrte zurück. Der Diener erzählte, das Wichtigste sei Goethe die grüne Kräutersauce, die ihm seine Mutter jede zweite Woche mit der Eilpost aus Frankfurt schicke. Wenn er sie nicht pünktlich bekomme, tobe er im Haus herum, als sei ein Unglück geschehen.

Oh, Goethe, warum hat sich dein Empfinden für das Elend verhärtet? Ich habe meine Gefühle vor dir aufgeblättert, und du hast mich, kalt und hochmütig wie eine deiner Statuen, zurückgewiesen. Vor Verkrüppelung und Verwahrlosung wendest du dich ab. Ich aber, ich fliehe das Ebenmaß deiner Kunst, sie hat mich berauscht, ich bin aus einem verlogenen Traum erwacht.

Diese gespenstische Reise damals, im dritten Jahr nach dem Bastillensturm. Nicolovius, Doktor der Philosophie, hatte ihn eingeladen und versprochen, an deutschen Höfen und Universitäten den Boden für seine Ideen vorzubereiten. Die Fahrt durchs zerstückelte Deutschland, von Zollschranke zu Zollschranke. Nur wenn die Umstände ihn zwangen, verließ Pestalozzi die Postkutsche. Passagiere stiegen ein und aus; ihre Gesichter begannen sich zu ähneln. Man wollte ihn ins Gespräch ziehen; er schwieg oder gab knappe, nichtssagende Antworten. Die wiederkehrenden Geräusche beim Wechseln der Pferde; deren unermüdliches Getrappel, das Quietschen der Federn, die halblaute Unterhaltung der Passagiere: Alles vermischte sich. Er schlief in Herbergen, deren Äußeres er kaum wahrnahm. Wenn sich ihm ein Bettler näherte, bekam seine Miene etwas Blind-Verschrecktes, und er nestelte aus seinem Beutel ein paar Münzen hervor, die er dem andern, mit einem Schwall sinnlos entschuldigender Worte, in die Hand drückte.

In Leipzig sah er seine Schwester wieder, Bäbe, die warmherzige, verwöhnte Bäbe; seit ihrer Heirat mit einem Leipziger Kaufmann hatte er sie nicht mehr gesehen. Er hatte auf diesen Moment hingefiebert, war, über Meilen hinweg, zurückgetaucht in die Gefühle der Kinderjahre, wo er manchmal, Barbaras Aufsicht entronnen, die Schwester auf den Knien geschaukelt hatte. Er umarmte eine fremde Frau. Sie sprachen über dies und jenes; zwei-, dreimal blitzte die alte Vertrautheit auf, mit so schmerzlicher Intensität jedoch, dass sie sogleich, halb gewollt, halb absichtslos, lindernde Banalitäten darüberbreiteten und sich weiterhin, Vertrautheit heuchelnd, voneinander fernhielten. Er nahm Abschied, mit flüchtigem Bedauern, reiste weiter an Orte, zu Leuten, die ihm Nicolovius angegeben hatte. Schlösser, reiche Bürgerhäuser. Mit Schritten, die ihm grobschlächtig erschienen, ging er über Parkettböden, in denen sich verschwommen die Deckengemälde spiegelten. Abends an der kerzenerhellten Tafel, Perlmuttglanz, Gläsergefunkel unter kristallenen Lüstern. Von hinten traten lautlos Diener an ihn heran, legten aus silbernen Platten Gebratenes, Gesottenes, Gedünstetes auf seinen Teller, krustige Hühnerschenkel, junge Rüben, Wachteln, Schweinsfüße an dunkler Mehlschwitze, mit zerlassener Butter übergossene Spargeln, Rindszunge an säuerlicher Weißweinsauce. Es gab Wein in allen Spielarten des Rots, vom Purpur bis zum Hellrosa. In riesigen Kristallschalen, auf zerhacktem Eis, lagen Trauben, Pfirsiche, Äpfel. Ringsum blassgeschminkte Gesichter, Lippen, die sich ironisch kräuselten; Paillettengeglitzer, Schulterrundungen und Dekolletés. Pestalozzi sprach von der Armut. Man kannte den Verfasser von *Lienhard und Gertrud;* man hörte ihm wohlwollend zu. Das Volk soll mündig werden. Das Volk braucht Bildung. Man nickte, während die Musiker im Hintergrund ihre Instrumente stimmten. Gewiss, die Notwendigkeit maßvoller Reformen ist nicht abzustreiten. Durch den Fleischgeruch zogen Parfümschwaden. Wir tun unser Möglichstes, Herr Pestalozzi. Die Geigen setzten ein; das Menuett begann. Man erhob sich zum Tanz. Damen mit weitschwingenden, seidenen Röcken umgaben Pestalozzi. Wann schreiben Sie Ihren nächsten Roman? Ich habe geweint bei der Lektüre von *Lienhard und Gertrud*.

Dann die Besuche bei Herder, bei Schiller; Professorenallüren. Halb erblindet der eine, flüchtig aufblickend von seinen Manuskriptstößen der andere. Hochfliegende Ideale, mein lieber Pestalozzi; ich leihe Ihnen gerne meine moralische Unterstützung. Die kalten und zugigen Weimarer Räume. Diese routinierte Freundlichkeit allenthalben.

Könnte es nicht sein, mein lieber Pestalozzi, dass die Armut, die Sie überwinden wollen, ein vom Schöpfer zu unserer Mahnung in die Welt gesetztes, unausrottbares Übel ist? Und will das ärmere Volk denn wirklich lesen und schreiben lernen? Ist ihm nicht behaglicher als uns in seiner unwissenden Stumpfheit? Dass der Bürger auch hierzulande gegenüber dem Adel an Rechten gewinnt, ist unausweichlich. Aber Sie können einen Pferdeknecht doch nicht einem Kaufmann gleichmachen! Mit Hoffnungen, an denen er längst selber zweifelte, ließ er sich bei Goethe melden. Zwei Tage lang wartete er auf den Bescheid.

Im Traum ging er mit Anna über einen gefrorenen See; aber eigentlich war es kein See, sondern das spiegelglatte Birrfeld. Jenseits der Eisfläche brannten die Berge und färbten den Himmel rot. Ich sehe den Neuhof brennen, sagte Anna, sehr ruhig und freundlich. Er reckte den Kopf, sah nichts. Kirchenglocken läuteten. Plötzlich war er allein. Unter dem Eis tafelten vornehme Leute bei Kerzenlicht. Er kniete sich aufs Eis und schlug mit aller Kraft darauf, so dass sich Sprünge bildeten, die das Bild zu seinen Füßen erblinden ließen. Ein Paar lief auf Schlittschuhen an ihm vorbei. Es war Goethe, um Jahrzehnte verjüngt; Kathrin, völlig nackt, hatte sich bei ihm eingehängt. Sie liefen, in makelloser Harmonie, eine Acht. Pestalozzi versuchte sie aufzuhalten; lachend glitten sie zur Seite. Sehen Sie denn nicht, dass das Mädchen friert?, rief er Goethe zornig zu. Dieser legte seine Hand auf Kathrins Schoß, und Pestalozzi, außer sich, sprang in die Höhe, vollführte mit einer Gelenkigkeit, die ihn selber erstaunte, Pirouetten des Zorns, akrobatische Kunststücke, komplizierte Arabesken. Sein Zorn verwandelte sich in Ausgelassenheit. Immer verwegener wurden seine Sprünge. Er schlug Saltos vor- und rückwärts und kam jedes Mal, wie durch ein Wunder, wieder auf die Füße zu stehen. Da capo, schrie Goethe und klatschte Beifall. Pestalozzi hob sich, die Arme wie Flügel gebrauchend, meterweit vom Boden ab; er glaubte schon, davonschweben zu können, da packte ihn Anna an den Füßen und riss ihn herunter; bei seinem Aufprall barst das Eis.

Er erwachte; es war Mädi, die an die Tür geklopft hatte. Sie brachte ihm das Frühstück, schwachen Kaffee und den Haferbrei, den er verlangt hatte. Die weiße Haube, die sie trug, gab ihr, im schräg einfallenden Morgenlicht, einen nonnenhaften Anstrich. Sie wünschte ihm einen guten Morgen und stellte das Tablett auf die Kommode. Pestalozzi sah zu, wie sie sich hin- und herbewegte. Sie öffnete das Fenster und stieß die in stumpfem Winkel eingehakten Klappläden zurück. Im Zimmer wurde es heller; der Himmel, der das Fenster zur Hälfte ausfüllte, erschien dunstig-weiß. In der Nacht hat's geregnet, sagte Mädi. Dann bleibe ich heute im Bett, sagte Pestalozzi halb scherzend, halb ernst.

Ich habe gestern aufgeräumt, sagte Mädi und deutete auf den leeren Kleidersack, der eingeschrumpft, in hässlichen Falten über einer Stuhllehne hing. Ich habe die Kleider gebürstet und sie in den Schrank gehängt. Herr Zehender hat einen kleinen Schreibtisch ins Zimmer stellen lassen, und ich habe die beschriebenen Blätter, die zuunterst im Sack lagen, geglättet und darauf gelegt. Sie stockte, als ob sie in einem auswendig gelernten Gedicht den Faden verloren hätte.

Ich muss dich loben, sagte Pestalozzi, nur sieh dich vor: Ich werde deine schöne Ordnung wieder durcheinanderbringen, darin bin ich unverbesserlich.

Ich lass Euch jetzt allein, sagte Mädi, nachher komme ich wieder und putze das Zimmer.

Pestalozzi stand auf; er hatte sich am Vorabend halb ausgezogen und fror ein wenig in den pludrigen Unterkleidern. Er nahm ein frisches, bereits zerknittertes Hemd aus dem Schrank und band sich ein safrangelbes Halstuch um. Er schlüpfte in die viel zu weit geschnittenen Kniehosen und streifte sich die Strümpfe über, die um die Knöchel herum steif waren vom Straßenkot. Er aß und trank im Stehen, vor der Kommode, deren filigranartige Silberbeschläge er erstmals wahrnahm, ebenso wie den Schreibtisch, von dem Mädi gesprochen hatte. In der Tat, auf der polierten Platte lag, säuberlich aufgeschichtet, ein Stoß Blätter, daneben Federkiel und Tintenfass, als ob Zehender ihn zum Schreiben verführen wollte. Er entdeckte einen ovalen Spiegel über dem Wassertisch. Mit den Fingern versuchte er seine Haare zu kämmen. Mädi, die nach kaum hörbarem Klopfen eintrat, ertappte ihn dabei und verbiss sich ein Lachen. Ich habe gemeint, sagte sie, Ihr wolltet heute im Bett bleiben.

Das tue ich auch, sagte Pestalozzi und warf sich

bäuchlings aufs Bett. Jetzt liege ich wieder drin. Er drehte sich herum. Und du? Errötend wich Mädi zurück. Ihr braucht frisches Wasser, sagte sie und griff nach dem leeren Krug. Sie verschwand und kam erst nach ungebührlich langer Zeit wieder. Mit einem Staubtuch fuhr sie über die Möbel. Pestalozzi, halb aufgerichtet, die Kissen zwischen Rücken und Bettgestell geschoben, schaute ihr zu. Ihre Brüste zeichneten sich, in ständiger Bewegung, unter der Schürze ab.

Mädi, sagte Pestalozzi, wann willst du in den Ehestand treten?

Das hat noch Zeit, sagte Mädi, ich werde siebzehn in diesem Herbst.

Aber du hast doch gewiss einen Schatz?

Sie schüttelte den Kopf. Das sei nicht das Nötigste, hat die Mutter gesagt.

So? Hat sie dir auch gesagt, dass es der Mensch ohne Liebe nicht aushält?

Ihr stellt kuriose Fragen, sagte sie mit einem Unterton zwischen Koketterie und Entrüstung.

Mädi, du wirst heiraten und Kinder haben.

Das ist der Lauf der Welt.

Ich hoffe, dass du einmal deinen Kindern eine gute Mutter sein wirst. Weißt du, was das heißt?

Was soll's auch heißen? Ich werde sie nähren und kleiden, wie sich's gehört.

Das allein genügt nicht. Du musst sie in der Stube um dich versammeln und sie schauen, hören, reden lehren.

Mir scheint, das kommt von selber, wenn Gott ihnen Gesundheit gibt.

Ihr Geist kann nur wachsen, wenn sie sich deiner Liebe sicher wissen. Die Kräfte der Natur gilt es in die richtigen Bahnen zu lenken und fortwährend mit Nahrung zu versehen, damit sie sich weiterentwickeln, den vorgegebenen Stufen des naturgegebenen Bildungsganges folgend. Jede Mutter verfügt, wenn sie aufrichtig will, über die Kunst, ihr Kind aus einer anfänglichen Tierhaftigkeit emporzubilden zur Sittlichkeit. Du kannst deinen Kindern den Weg zeigen, auf dem sie selbst in entbehrungsreicher Armut zur natürlichen Würde des Menschengeschlechts gelangen. Und wenn sie die Fertigkeiten anwenden, die du sie lehrst, werden sie aus dieser Armut emportauchen in das wärmende Licht bescheidenen Wohlstands.

Mädi schaute ihn aus geweiteten Augen an. Ihr redet wie ein Buch, sagte sie.

Pestalozzi wischte sich mit dem Halstuch, das er während seines Vortrags aufgeknüpft hatte, über die Stirn. Mädi, fragte er, kannst du lesen und schreiben?

Ich habe ein wenig buchstabieren gelernt, sagte sie verlegen.

Ich werde dir das Lesen und Schreiben beibringen.

Wozu denn?

Ach, Mädi, siehst du's denn nicht ein? Wenn du die Buchstaben und Wörter nur so aus den Ärmeln schüttelst, fällt auch für deine Kinder etwas davon ab. Sie lernen's von dir, kommen voran, ohne dass sie ein vertrottelter Schulmeister grün und blau prügelt.

Und dann?

Dann nehmen sie teil am Ganzen der Kultur und wissen sich einzureihen in die Scharen der verständigen und gebildeten Leute. Aber vergiss nicht, sie auch zum Spinnen und Weben anzuleiten und sie zu beständigem Fleiß zu ermahnen. Sie sollen lernen, während sie arbeiten, und sie sollen arbeiten, während sie lernen. Aus eigener Kraft, wie Schmetterlinge aus ihrem verpuppten Zustand, befreien sie sich so von der Abhängigkeit, in die ihre Geburt sie hineingestellt hat.

Ich verstehe nicht, was Ihr sagt.

Du wirst es verstehen, sobald du dich meiner *Methode* anvertraust.

Er griff nach ihrer Hand, die sie ihm nach kurzem Zögern entzog. Sie setzte zu einer Antwort an, schwieg, hörbar ein- und ausatmend, sagte dann heftig: Man behauptet, Ihr seid Jakobiner.

Wer sagt das?

Ein paar Gäste haben sich darüber unterhalten.

Ich habe noch keinen meiner Feinde guillotinieren lassen, ich werde es auch nie tun. Sehe ich aus wie ein blutrünstiger Revolutionär? Er zwinkerte ihr zu; sie lächelte.

Wie willst du's nun halten? Soll ich dich unterrichten?

Wenn's meine Arbeit nicht stört... und wenn's Euch nicht zu gering ist.

Jeden Tag eine halbe Stunde, das wird genügen. Setz dich auf den Bettrand, wir fangen gleich an. Sie zog sich zur Tür zurück. Heute nicht mehr, ich habe mich lange genug versäumt.

Aber morgen? Ich werde mit Zehender sprechen, er wird dir's erlauben.

Als sie gegangen war, überfiel ihn Melancholie. Ich habe meine Jugend verloren. Bin ich nicht schon als alter Mann auf die Welt gekommen? Und wie lange haben wir uns den Rausch der Leidenschaft vorgespielt! Die hohlen Worte in unsern Briefen, Anna. Treuebeschwörungen, die wir aus französischen Tragödien stahlen, nachgeäffte Liebesschwüre. Unbeschwertheit erlaubten wir uns nie. Und so haben wir das Beste versäumt. Keine Nähe, keine unvernünftigen Zärtlichkeiten. Stattdessen diese Lust, sich gegenseitig zu zerfleischen. Er schlug die Decke zurück, tastete, blind vor Tränen, mit den Füßen nach dem Boden; er schleppte sich zum Spiegel und zwang sich hineinzuschauen. Sein Gesicht im goldumrahmten Oval: Blatternnarben, die Nase und Mund ins Schiefe ziehn; auseinandergebrochene Züge, die man sorglos wieder zusammengefügt hat. Diese Fratze gehört mir. Er knüpfte sich die Hose auf. Das junge Leben flieht vor mir. Hat es nicht Grund dazu? Er griff nach seinem halb erschlafften Glied und beutelte es zornig hin und her. Der da unten soll endlich schweigen; so manche Jahre hat er mich behelligt. Wer wird mich strafen nach solcher Sünde? Er zog Kathrin (oder war's Mädi?) halb entkleidet an sich. Und doch, ist's nicht die Natur selbst, die sinnliche Lust fordert und erzeugt? Er liebkoste Kathrins weißen Leib. Ich bin meinen Begierden ausgeliefert wie andere auch, ich habe die Kraft nicht, sie zu verleugnen. Er umarmte Kathrin und presste sie an sich; durch all seine Poren drang die wohlige Wärme ihres nackten Körpers. Er spürte, dass der Erguss nahte. Erschrocken riss er die Hand vom pochenden Glied zurück. Voller Ekel starrte er in sein Spiegelbild. Welch jämmerlicher Überlistungsversuch der Tiernatur. Er goss sich Wasser über den Kopf und schüttelte sich wie ein nasser Hund; er trank in gierigen Zügen aus dem Krug. Zum ersten Mal fiel ihm auf, dass das Wasser einen leicht schwefligen Geschmack hatte. Er spuckte den letzten Schluck wieder aus und wankte zum Bett zurück. Ich bin ein nutzloser alter Mann. Ich heuchle Freundlichkeit und fordere dafür Liebe. Er rollte sich zusammen und versuchte, das Würgen in seiner Kehle zu unterdrücken. Er hustete, bellend beinahe, in qualvollen Stößen. Dasselbe Gefühl wie bei der Hochzeit seines Schwagers Kaspar im Val de Travers. Dreißig Jahre verstrichen, und immer noch diese Rebellion des Körpers. Wogegen denn?

Es war eine Gelegenheit gewesen, Anna nahe zu sein, Anna, die zu sehen ihm ihre Eltern verboten hatten. Ihr Bruder heiratete eine Welsche. Sie fuhr nach Neuenburg; mit ihrem heimlichen Einverständnis folgte er ihr.

Die Erinnerung an Menalk, den gemeinsamen Freund; an seinem Totenbett hatten sie sich kennengelernt. Anna, mit Menalk flüsternd; das Rascheln der Bettdecke, wenn Annas Hände darüberstrichen. Sie drängte sich, die Kissen zurechtrückend, fieberschweißwischend, in Menalks Sterben hinein; sie deckte es zu mit geschwätzigem Feinsinn und nonnenhafter Fürsorge. Er stand dabei; Anna und Menalk, die sich im verdunkelten Sterbezimmer aneinanderbanden, schlossen ihn aus. Nach Menalks Tod begann er unter einem Zwang, der ihm selber unbegreiflich blieb, um die trauernde Braut zu werben. Je bestimmter sie ihn abwies, desto heftiger wurden seine Anstrengungen, ihren Widerstand zu brechen, desto begieriger seine Versuche, Menalks philosophische Neigungen zu übertreffen, ja geradezu in seine Haut zu schlüpfen. Menalk, nur Menalk zählte. Ich bin sein Stellvertreter gewesen. Was sie in mir liebte, gehört einem Toten. Sie sind zu ungestüm, Pestalozzi, geben Sie mir Zeit. Er spürte ihre Abwehr erlahmen; seine Sehnsucht steigerte sich ins Unvernünftige. Er wäre ihr auch über den Ozean nachgereist.

Von Neuenburg ins Val de Travers, zum Landhaus der Motta. Die Hochzeitsgesellschaft tafelte unter freiem Himmel. Dunkle Tannenwälder an den Hängen links und rechts. Ein starker Wind blies und ließ die Wipfel schwanken. Man hatte einen Ochsen am Spieß gebraten, über mächtigem Feuer, dessen Glut den Gästen, die ihm nahe saßen, die Hitze ins Gesicht trieb. Anna stellte Pestalozzi, in verdrießlicher Schamhaftigkeit, als ihren Bräutigam vor; sie hatte ihn kurz zuvor seiner schlampigen Kleidung wegen ausgezankt. Lauter unbekannte Gesichter; gepuderte Schläfenlocken, straff geflochtene Zöpfe. Manchmal fuhr ein Windstoß über die Tafel hinweg, erfasste einen oder zwei der breitkrempigen Damenhüte und wehte sie, unter dem

Gelächter der Gesellschaft, ins gemähte Gras, wo Hühner und Enten nach Essensresten pickten.

Quel est donc votre avenir, Monsieur? On dit que vous vous intéressez sévèrement à la politique? Pestalozzi verstand die zierlich gedrechselten Sätze nur halb. Er nickte ab und zu, schlang schweigsam die Fleischstücke hinunter, die man ihm auf den Teller lud. Anna beobachtete ihn verärgert aus den Augenwinkeln; es fehlte ihm die Leichtigkeit des Umgangs, überhaupt jegliche Contenance. Suzette Motta, im weißen Hochzeitskleid, beugte sich über den Tisch zu ihr hin: Et vous, belle-sœur, avez-vous déjà fixé la date de votre grande fête? Ihre Stimme klang belustigt. Pestalozzi, halb betrunken von ein paar Gläsern Wein, kletterte mit Anstrengung auf das rohe Holz der Sitzbank. Die Gespräche verstummten; jemand schlug mit dem Löffel ans Glas. Man erwartete eine Lob- oder Dankesrede ans Hochzeitspaar. Suzette Motta lehnte sich mit spöttisch hochgezogenen Augenbrauen zurück. Ich habe, rief Pestalozzi, den verehrten Damen und Herren eine Mitteilung zu machen. Anna versuchte, ihn mit Zeichen von seinem Vorhaben abzubringen. Ich habe einen Entschluss gefasst, fuhr Pestalozzi unbeirrt fort. Ich werde ein Landgut pachten, ich werde es nach Tschiffelis Methoden bewirtschaften, ich werde, als ein väterlicher Bauer, das niedrige Volk belehren. Aufflackerndes Gelächter. Ihr glaubt mir nicht? Seine Stimme schlug um in zorniges Krächzen. Was wisst ihr vom Glück und von der Not des niedrigsten Standes? Ihr stopft euch voll auf seine Kosten und haltet euch für seinen Herrn! Schwankend hielt er sich aufrecht; seine Frackschöße flatterten im Wind. Regardez, comme un corbeau! Das Gelächter verstärkte sich. Anna versuchte, ihn zu sich herunterzuzerren; er schüttelte ihre Hände ab. Nichtstuer!, schrie er. Ihr verfault im Nichtstun! Silence, corbeau! Er beleidigt uns! Ich sage mich los von euch … ich sage mich los … Er wollte sich setzen, fiel aber rücklings ins Gras. Man half ihm auf die Beine, schob ihn neben Anna, die ihn, glühend rot im Gesicht, stützen musste, damit sein Kopf nicht auf ihren Schoß sank. Man strengte sich an, den Zwischenfall zu überspielen; doch das Lachen, das sich in die wieder beginnenden Gespräche mischte, tönte gekünstelt.

Ein Regenschauer trieb die Gesellschaft ins Haus. Anna führte Pestalozzi, der über seinen schmerzenden Rücken jammerte, zu einem Fauteuil. Sie blieb, hoch aufgerichtet, neben ihm stehen. Man zog sie, in freundlicher Herablassung, ins Gespräch; doch Pestalozzi wurde auf höflich-demonstrative Weise geschnitten. Er tastete nach Annas Hand; brüsk wandte sie sich ab. Eine Kapelle, deren Mitglieder sich, der Rousseau-Mode folgend, als Bauern verkleidet hatten, spielte in der geräumigen Eingangshalle zum Tanz auf. Als es dämmerte, zündeten die Diener die Kerzen an. Im Luftzug flackerndes Licht; es flimmerte ihm vor den Augen. Anna, willst du, dass ich mit dir tanze? Er und tanzen? Stolperschritte, immer eine Spur aus dem Takt; seine gebeugte Haltung, die hängenden Schultern. Anna? Sie antwortete nicht, harrte aber, wie es der Anstand erforderte, neben ihm aus, während die Paare in einer wilden Gigue durch die Halle stoben.

Pestalozzi fühlte sich eingeengt, und gleichzeitig schien ihm, sein Magen beginne sich schmerzhaft zu blähen. Die herumwirbelnden Paare näherten sich seinem Platz, umzingelten ihn mit Spottgelächter. Er sprang auf die Füße, stürzte, von Annas Zuruf verfolgt, ins Freie, in den abenddunklen Park, hinaus zu den Bäumen. Unter einer alten Kastanie erbrach er sich. Schwallweise ergoss sich die säuerliche Flüssigkeit, vermischt mit halbverdautem Fleisch, aus seinem Mund und verstopfte die Nase, so dass er, hustend und spuckend, nach Atem rang. Dann lehnte er sich, leergepumpt und erschöpft, an den Stamm; er spürte an seiner Wange die kühle Rinde. Es war Nacht geworden; über den Wäldern stand die Mondsichel. Sein Hals brannte; er hatte den Geschmack des Erbrochenen im Mund. Die Fenster des Hauses waren erleuchtet; Schatten glitten hin und her. Eine weiße Gestalt näherte sich ihm. Er hörte Annas Stimme, die seinen Namen rief. Er hätte sich in ihre Arme werfen mögen; aber er schwieg und verbarg sich halb hinter dem Baum. Als wäre er außerhalb seines Körpers, sah er sich selber, an den Baum geschmiegt, und gleichzeitig Anna, wie sie, zu verworrenen Klängen, die der Wind herantrug, durch den nächtlichen Park irrte und unermüdlich nach ihm rief.

Sie blieben danach beinahe drei Wochen zusammen. Die Mottas wagten die Einladung, die vor der Hochzeitsfeier ausgesprochen worden war, nicht zurückzunehmen. Sie schliefen in getrennten Zimmern. Tagsüber, sobald sie sich unbeobachtet fühlten, stritten sie sich. Spaziergänge einem Bachlauf entlang, über endlose Weiden, an Kuhherden vorbei. Sie rasteten auf den Mäuerchen, die die Weiden voneinander trennten. Anna malte ihm aus, welcher Demütigung er sie ausgesetzt habe; er beklagte sich über ihre Weigerung, seinen Idealen bedingungslos zuzustimmen. Ihre Stimmungen schlugen um von Betrübtheit in plötzliche Gehässigkeit, von Rechtfertigungseifer in Zorn. Abwechselnd flüsterten, weinten oder schrien sie, saßen dann wieder minutenlang stumm nebeneinander, beide über ihrem Elend brütend.

Zwischendurch umschlangen sie einander in rasch abflauenden Schüben von Zuneigung und Sehnsucht. Es gab Momente, da sie sich hassten, und auf unerklärliche Weise überbrückte dieser Hass sekundenlang die Entfernung zwischen ihnen und verschmolz sie in einem glühenden Gefühl. Anna pries Menalk immer häufiger als Vorbild. Menalks taktvolle Männlichkeit, seine klugen Ansichten, seine aus Selbsterkenntnis geborene Bescheidenheit. Menalk würde. Menalk hätte. Menalk wäre. Der Name verfolgte ihn bis in seine Träume.

Meistens war der Himmel von lichtem Blau erfüllt; sie gingen über saftig grünes Gras, das sie achtlos niedertraten. Anna sprach von Trennung; sie entsetzte sich beim Gedanken, ihrer Mutter die Einwilligung zur Heirat mit einem Bauern abringen zu müssen. Mit verdüsterter Miene hörte Pestalozzi ihr zu; er litt unter ihrem und seinem Wankelmut und kostete dieses Leiden aus. In guten Stunden erwiderte sie seine Küsse. Wenn seine Hände zu ihren Brüsten hinunterwanderten, löste sie sich, in Abwehr erstarrt, aus seiner Umarmung. Nachts lag er lange wach im Bett, warf sich in quälenden Gedanken hin und her. Manchmal, mitten in ausweglosen Hassgefühlen, überfiel ihn das Begehren nach Annas Körper: Er glaubte, den Lavendelduft zu riechen, der von ihr ausging, und diesen andern heimlichen Geruch, dieses Gemisch aus Herbheit und Zersetzung, das ihn zugleich abstieß und anlockte.

Nach einem Gewitterregen fanden sie am Wegrand blühende Margeriten. Anna bat ihn, ihr einen Kranz zu winden. Pestalozzi riss büschelweise Blumen aus und versuchte, die Stengel mit den Fingernägeln aufzuschlitzen und sie ineinanderzuflechten. Er kauerte am Boden. Immer wieder zerbrachen die Stengel, oder wenn er einen durch den anderen schob, streifte er unabsichtlich den Blütenkopf ab. Sein Hände begannen zu zittern. Anna, die neben ihm stand, ermahnte ihn zur Geduld. Er schleuderte den begonnenen, von seinen Fingern halb zerquetschten Kranz von sich und richtete sich mit einem zornigen Ruck auf. Was für eine unnütze, weibische Ziererei!, stieß er hervor. Sie musterte ihn spöttisch. Menalk hätte es gekonnt, sagte sie. Er holte mit der Hand aus und schlug sie ins Gesicht. Aufschreiend wich sie zurück; sie bedeckte mit dem Unterarm die Schlagstelle und wimmerte vor sich hin, in tierartig gedehnten Lauten, die er von ihr noch nie gehört hatte. Er fiel vor ihr auf die Knie; er versuchte, ihr den Arm vom Gesicht wegzuziehen; er bat stammelnd um Verzeihung. Zu allem, was er sagte, schüttelte sie den Kopf. Er flehte, bettelte, sie schwieg. Erst am folgenden Morgen zeigte sie sich versöhnlicher, und als er sie, nach neuerlichen wortreichen Reuebekundungen, an sich zog, lag sie unvermittelt weich in seinen Armen; in der Art, in der sie seine Küsse erwiderte, lag sogar eine Spur Leidenschaft. Doch wenig später flammte der alte Zank wieder auf, und er endete erst, als sie sich trennten. Statt dass diese Erfahrung sie endgültig auseinandergetrieben hätte, schien sie sie, auf rätselhafte Weise, aneinanderzuketten. Sobald räumliche Distanz zwischen ihnen lag, schrieben sie sich Briefe voller Sehnsucht nach Vereinigung, voller Beschwörungen künftigen ungetrübten Glücks. Anna, ich will dich gewinnen, ich will dich besitzen, und ich will, dass jede Faser meines Wesens dir begreiflich wird.

Draußen regnete es. Wie ein riesenhafter Schwamm sog der Wald das Wasser in sich auf. Nass glänzte das Laub. Über die Fensterscheiben rannen die Tropfen. Pestalozzi lag im Bett, die Decke bis zum Kinn hinaufgezogen. Sein Magen schmerzte. Ein schlecht durchbluteter, krampfartig zuckender Klumpen. Mein widerliches Fleisch. Als Jacques auf die Welt kam, war er blau angelaufen, beinahe erstickt. Dieses Rauschen ohne Anfang und Ende; eine Regenmelodie, die nichts verrät. Ich habe Anna geschlagen, dreimal in dreißig Jahren, in Gedanken aber hundertmal. Die Hände, die den Aufprall auf der fremden Haut spüren; das nachhaltige Brennen der Fingerspitzen oder der Knöchel. Und diese zerfließenden Züge; endlich löst der starre Stolz sich auf. Wirst du mich jetzt verstehen? Er packte sie an den Schultern und schüttelte sie; ihre Haare wehten hin und her. Hörst du? Das Spucknapfdasein endigt mit dem heutigen Tag. Ein Körper wie aufgetriebener Brotteig. Anna, vertraue mir endlich. Er reißt ihren Kopf an den Haaren zu sich heran. Schau mich an. Aus ihrem Mund sickert Blut. Schreie! Weine! Er hämmert mit den Fäusten gegen ihre schwammigen Brüste. Sie schweigt. Er ist allein. Unaufhörliches Rauschen. Draußen regnet es. Ich liege im Bett. Ich habe Anna geschlagen. Ich habe die Kinder geschlagen.

Sie wimmelten durcheinander. Viele Gesichter glichen sich. Er hatte Mühe, sich ihre Namen einzuprägen. Ein vielköpfiger, vielgliedriger Leib, den er zu füttern und zu zähmen hatte; eine seltsam gestaltlose Masse, die sich jeden Augenblick zu verändern schien. Er versuchte ihre Stimmungen vorauszuahnen; dennoch erschrak er jedes Mal, wenn ein Gefühl aus ihr hervorbrach. Hinter seinem Rücken wurde geflüstert oder gelacht; er wusste nicht warum. Es entstanden Gruppen und Grüppchen, die sich gegen andere verbündeten und sich plötzlich, wie auf ein geheimes Kommando hin, schreiend ineinander verkeilten. Er trennte sie mit Fausthieben. Jene, die aus den begüterten Ständen stammten, drängten sich zu ihm hin; er legte den Arm um sie, sprach belehrend auf sie ein; dennoch fühlte er sich ihnen fern. Mitten im ohrenbetäubenden Trubel war er manchmal, ohne dass er sich's eingestand, allein. Sogar Kathrin verlor er in solchen Stunden aus den Augen.

Er forderte von den Kindern, ihn Vater zu nennen, vom ersten Tag an, ohne Übergang: nicht Herr, sondern Vater. Ein paar, Bettelknaben vor allem, weigerten sich, diese Anrede zu gebrauchen. Sie wichen ihm aus, pressten, wenn er sie morgens grüßte, die Lippen aufeinander. Pestalozzi griff nach ihren kalten Händen, fragte, was er ihnen zuleide getan habe, dass sie ihn mit solchem Ungehorsam straften. Sie standen vor ihm, vier oder fünf, mit hängenden Schultern und leicht gespreizten Füßen, neu gekleidet und entlaust von seiner eigenen Hand. Habe ich's denn nicht verdient, euer Vater zu sein?, fragte er. Keiner gab ihm eine Antwort. Er schlug sie, der Reihe nach; er schlug sie unter Tränen mit der flachen Hand links und rechts auf ihre Wangen. Nur der Kleinste weinte; aber als sein Nachbar ihn in den Arm kniff, verstummte er und zog nur noch geräuschvoll die Luft durch die Nase.

In der Nacht flohen drei von ihnen; überhaupt gab es fast täglich eine oder mehrere Entweichungen. Manchmal fing der Büttel sie ein und brachte sie ins Kloster zurück. Pestalozzi empfing sie in väterlicher Güte; er verlor kein Wort über das Unrecht, das sie ihm zugefügt hatten.

Im Februar begann er mit den täglichen Silbenübungen. Er versammelte die Lernwilligen um sich und sprach ihnen vor. Ab, rief er. Ab, sprachen sie nach. Ba, fuhr er fort. Ba, tönte es zurück. So bekommt ihr ein geschliffenes Mundwerk, predigte er, ihr habt ja nur brabbeln gelernt. Bud, dub! Bud, dub!, schrien die Kinder. Fat, gut, gob, hag! Er ließ die Silben taktmäßig herausschnellen und lauschte begierig, wie der Chor sie ihm wieder zuwarf. Du, dude, rek, reken, erk, erken. Er beschleunigte die Sprechgeschwindigkeit; der Chor mühte sich ab, ihn nachzuahmen. Die Größeren, die sich an der Wand aufgereiht hatten, brachen in Gelächter aus. Lacht ihr nur!, herrschte Pestalozzi sie an. Ihr werdet sehen, dass sich aus solchen Silben die schwierigsten Wörter zusammenfügen lassen. Mu! Mu, echoten die Kinder. Muni! Muni! Munici! Munici! Municipal! Municipal … Das Echo kam zögernder. Municipalität!, schrie Pestalozzi. Mu-ni-ci-pali … Jetzt verwirrten sich die nachahmenden Stimmen, brachen ab, von Spottgelächter übertönt. Seht ihr?, triumphierte Pestalozzi. Das ist meine *Methode*. Solche Wörter und noch schwierigere werden euch in wenigen Wochen mühelos über die Zunge gehen.

Auf dem Rücken liegen. Die dumpfen Schmerzgefühle überall, Hämmern und Stechen. Und der Regen prasselt. Die Feuchtigkeit dringt in mich ein. Der Kopf wird schwer; er zieht mich hinüber. Dass die Deckenbalken nicht herabgestürzt sind und mich zerquetschten. An meinem Sarg die weinenden Kinder. Sie würfen Blumen in die Grube, Lichtnelken und Wicken. Lavater hielte die Totenrede: Sein Streben war rein und auf die Entfaltung der Sittlichkeit gerichtet; aber es lag in seiner Natur, zu irren und seine eigentlichen Ziele zu verfehlen. Du hast die Abschaffung des Zehnten bekämpft, Lavater; du hinkst wie ein lahmer Gaul hinter den Errungenschaften der Revolution her. Diese schwärmerische Frömmigkeit, mit der du Anna und ihren Kreis angesteckt hast. Dein Gott ist nicht meiner. Ich tue, was du verwirfst: Ich grolle Ihm, ich streite mit Ihm. Aber Er wirft mich in die Tiefen der Unwissenheit und der vergeblichen Hoffnung.

Herr, warum duldest Du diese Armut in der Welt?

Wie oft habe ich Dich angefleht, mir den Sinn Deiner Schöpfung zu entschlüsseln! Du hast geschwiegen, Du hast neues Unheil gesandt, es schien mir wie Hohn. Ist Dir ein Einzelner zu gering? Herr, ich will leben, und ich fordere, was allen Deinen Geschöpfen zusteht: ein Leben in Würde, ein Leben in innerer und äußerer Freiheit. Ich fordere, was Du mir, dem kranken Sünder, verweigerst: die Kraft zu lieben … Herr, Du bist groß, aber ich stehe vor Deiner Größe wie vor einem unbesteigbaren Berg. Ich ängstige mich vor Deiner Unnahbarkeit. Du hast Deinen Sohn kreuzigen lassen, um die sündige Menschheit zu erlösen. Aber wird mir mein sündenbeladener Leib deswegen leichter?

Es regnet. Es regnet immerzu. In den Wolken sitzt der Regenkönig, der nicht Gott ist, und lässt die hingerichteten Kindsmörderinnen weinen. Im Richtkarren an Spalieren von Gaffern vorbei. Abgeschnittenes Haar, das Kleid aus grobem Tuch. Auf einem gedruckten Blatt sind ihre Untaten verzeichnet.

Wie hast du dein Kind getötet?

Ich habe es mit meinen Händen am Hals gewürgt und in den Fluss geworfen.

Warum hast du eine solch ruchlose Tat begangen?

Ich habe mich davor gefürchtet, dass mein Vater

mich totschlage, wenn er von meiner Unkeuschheit erfährt.

Hat dich denn das arme, hilflose Geschöpf nicht gedauert?

Ach Gott, hätt ich's doch nicht getan.

Der Henker schlägt zu. Ein Seufzen geht durch die Menge.

Der Henker schlug zu. Man hob das Kind in die Höhe, damit es frühzeitig erfahre, was Gerechtigkeit bedeute. Spritzendes Blut; der Kopf fiel in den Korb; Blut floss zwischen dem Geflecht hindurch und färbte die Holzspäne rot.

Wie hat sie geheißen?

Maria hat sie geheißen, Seidenweberin ist sie gewesen.

Warum reden die Leute jetzt durcheinander?

Sie sind erleichtert, dass die Gerechtigkeit ihren Lauf genommen hat.

Ich möchte einen Apfel essen, einen dieser schorfigen Äpfel mit rotgeflammter Schale und süßsaurem Fleisch. Hineinbeißen, dass es knackt und der Saft herausläuft. Kauen, dass der Wohlgeschmack sich im Gaumen verbreitet.

Gessner, der nach Stans zu Besuch kam, brachte einen Korb Sauergrauech mit. Im Februar waren die Äpfel schon leicht geschrumpft und stellenweise angefault. Dennoch machten sich die Kinder so begierig und ungestüm darüber her, dass der Korb, den Gessner in ihre Mitte gestellt hatte, umkippte und die Äpfel nach allen Seiten rollten, verfolgt von schreienden und zappelnden Kindern, die erbittert um ihre Beute kämpften. Ungesehen hatte Pestalozzi schon vorher einen gesunden Apfel für sich gerettet und in seine Rocktasche gesteckt. Denkt ihr nicht daran, rief er ins Gewühl hinein, dass ihr so die Schwächeren unterjocht? Es gab nur wenige, die ihn verstanden; ein paar teilten, nach Pestalozzis Beachtung schielend, den eroberten Apfel mit den Zukurzgekommenen. Das Geschrei verstummte; eine Zeitlang war nichts zu hören als das Geräusch des Kauens.

In der Nacht, als die Kinder schlafend im Stroh lagen, halbierte Pestalozzi seinen Apfel und aß in andächtigem Genuss die eine Hälfte. Mit der andern betrat er auf den Zehenspitzen den Schlafraum der Kinder. Er hörte ihr Atmen, in das sich Pfeif- und Schnarchtöne mischten; es klang, als ob jemand in regelloser Weise einen Orgelbalg trete. Es war finster, als ob die Fenster mit schwarzen Tüchern verhangen, die Kinder darunter begraben lägen; aber er wusste, in welcher Ecke Kathrin schlief. Er stieg sachte über schlafende Leiber hinweg. Der eine oder andere bewegte sich. Jedes Mal raschelte das Stroh, und er hielt lauschend, mit angehaltenem Atem inne. Allmählich hellte sich die Finsternis auf; er ahnte, dass er bei der Wand angelangt war.

Er beugte sich nieder und strich mit der freien Hand über eine Decke, unter der sich die Wölbung eines Körpers erfühlen ließ. Am obern Ende griff er in dichtes Haar. Es war Kathrin. Er nahm an, dass sie auf der Seite lag, mit leicht angezogenen Knien, den Rücken ihm zugekehrt. Seine Fingerspitzen nisteten sich in Kathrins Haar ein, glitten zu ihrem Nacken herab, befühlten neugierig die flaumige Haut. Eine rasche, zuckende Bewegung, die durch den ganzen Körper lief, verriet ihm, dass Kathrin erwacht war. Er näherte sein Gesicht ihrem Ohr. Hab keine Angst, flüsterte er, ich bin's. Wer?, sagte sie halblaut. Ich, der Vater. Sie drehte sich herum und setzte sich auf. Was ist?, fragte sie, voller Angst. Nichts, beschwichtigte er sie, sei ruhig. Ihm schien, die Dunkelheit habe Augen und Ohren bekommen. Waren nicht die Atemzüge ringsum leiser und lauernder geworden? Er fühlte sich ertappt. Hier, nimm. Er legte den halben Apfel auf die Decke, und sogleich zog er sich zurück, ohne noch ein Wort zu sagen. In seiner Kammer stellte er sich vor, wie es gewesen wäre, wenn sie ihre Arme um ihn geschlungen, wenn sie ihm, Gesicht an Gesicht, ihren Dank zugewispert hätte. Er roch an seinen Händen, um an ihr Haar erinnert zu werden; aber er nahm nichts anderes wahr als den stickigen Geruch, der bei den Kindern herrschte, und einen Hauch süßen Apfelduftes.

Kathrin, warum kann ich dich nicht vertreiben? Du bist mir so nahe gewesen. Das Kloster räumen müssen, dich verlieren, die Schande des abermaligen Scheiterns ertragen. Verwundete Soldaten dort, wo du gelegen bist. Kaltblütig hielt mir der Kommissar Zschokke den Befehl der Regierung unter die Nase, der meine Armenanstalt in ein Lazarett umwandelte. Es wäre besser gewesen, ich hätte sterben können. Diese peinigenden Schuldgefühle. Zeit meines Lebens habe ich mich mit meinen Unternehmungen in Schuld verstrickt. Geldschulden und Gewissensschulden. Das gleiche Elend zwanzig Jahre früher, als ich die Bettelkinder, meiner Faillite wegen, vom Neuhof verjagen musste. Ich ziehe wie ein Magnet das Unglück an. Immer wieder die gleichen herzzerreißenden Szenen; Trennung und Abschied. Die äußern Umstände vereinigen sich mit meiner Unfähigkeit in Gelddingen und zerstören die Hoffnung auf ruhiges Glück. Was ich will, was ich mir ersehne, das darf nicht sein. Ich bin über die Felder gelaufen und habe Gott und die Menschen verflucht. Ich habe gedacht, ich würde dem Wahnsinn verfallen.

Man hätte mich ins Tollhaus sperren sollen, zu

den übrigen Ausgestoßenen. Tag und Nacht ihre Schreie, die Tobsüchtigen an Ketten wie Tiere. Regelmäßige Fütterung. Befreit von der Pflicht zur Reinlichkeit. Endlich wäre mir erlaubt, meinen Jammer hinauszuschreien, ohne Rücksicht auf das Urteil der gebildeten Welt. Habe ich nicht davon geträumt, mein Leben lang ein Kind zu bleiben?

Nach drei Tagen hörte der Regen in der Morgenfrühe auf. Pestalozzi hatte während dieser Zeit das Bett nur verlassen, um seine Notdurft zu verrichten. Er hatte Mädis regelmäßiges Erscheinen grußlos hingenommen und von dem, was sie ihm brachte, nur wenig gegessen.

Gegen Mittag brach die Sonne durchs Gewölk; sie stand so, dass sie auf den Riemenboden ein Lichtband warf, einen hellgoldenen Teppich der Wärme, über dem der Staub schwebte. Er hörte das gedämpfte Klappern von Geschirr; er schloss aus der Vielzahl von Geräuschen, dass neue Gäste angekommen sein mussten. Ab und zu schrie, wie in den vorangegangenen Tagen, das Kind. Seine Stimme schwoll jeweils an, hielt sich während einigen Sekunden auf der gleichen gellenden Höhe und endete in einem jammervollen Schluchzer, dem eine beinahe unerträgliche Pause folgte. Daraufhin wurde regelmäßig die Tür zugeschlagen, ein Stuhl hin-

und hergerückt; eine Frauenstimme ertönte, das eine Mal besänftigend, das andere Mal aufgeregt, beinahe zeternd. Abrupt hörte das Schreien auf, oder es schwächte sich allmählich ab, verklang in kaum mehr vernehmlichem Greinen, und für einige Zeit schwieg das Kind. Aber Pestalozzi schien es, das Schreien rücke ihm täglich näher, werde dringlicher und fordernder. Er versuchte, die Erinnerung an Jacques zu verdrängen. Bilder des röchelnden, nach Atem ringenden Kindes. Er war der Schrecklichkeit der epileptischen Anfälle nie gewachsen gewesen, Jacques' verzerrtem Gesicht, einer Fratze zwischen Mensch und Tier, seinem Kind, das ihm in solchen Augenblicken entsetzlich fremd war und das er vor sich selber verleugnen wollte.

Das Schreien setzte wieder ein, gleich nebenan oder über ihm. Still! Sei still!, schrie Pestalozzi und hielt sich mit beiden Händen die Ohren zu. Beinahe ungehindert stachen die Töne auf ihn ein. Er hörte, dass an die Tür geklopft, dass sie, nach abermaligem Klopfen, geöffnet wurde. Es war Zehender. Pestalozzi starrte ihn ungläubig an. Zehender, in samtenen Kniehosen und Lederstiefeln, hatte sich, wie es seine Gewohnheit war, patrizierhaft herausgeputzt; die Locken aber, die noch vor ein paar Tagen seine Schläfen geziert hatten, waren offenbar der neuen revolutionären Mode zum Opfer gefallen. Er trug

die Haare nun kurz und ungepudert und verkör-
perte in seiner äußeren Erscheinung einen unbehaglichen Kompromiss zwischen der alten und der
neuen Ordnung.

Verzeihen Sie, sagte Zehender, dass ich ungeru-
fen eingetreten bin. Ich nahm an, Sie hätten mein
Klopfen überhört. Nun? Fühlen Sie sich ausgeruht?
Das Wetter hat sich endlich gebessert. Ich wollte
Sie auffordern, mich auf einem Spaziergang zu be-
gleiten. Was sagen Sie dazu?

Pestalozzi setzte sich auf den Bettrand und sah
Zehender unverwandt an. Dieser lachte ein wenig
gezwungen. Bestaunen Sie meine neue Frisur?
Schauen Sie! Er drehte sich einmal um sich selber;
die Haare waren im Nacken gestutzt. Ich bin gestern in Bern gewesen. Dort trägt jedermann den
kurzen Schnitt. Wer auf der herkömmlichen Frisur
beharrt, macht sich lächerlich. Ich spiele nicht gern
den Außenseiter; deshalb ließ ich mir die Locken
schneiden, mit innerem Widerstreben zwar. Es war
mir fast, als verliere ich mein gewohntes Gesicht.
Er posierte vor dem Spiegel. Seltsam, ich muss mich
wieder mit mir selber befreunden.

Hören Sie denn nicht, sagte Pestalozzi, dass hier
im Hause ein Kind schreit?

Zehender stutzte; sein Gesicht nahm einen lau-
schenden Ausdruck an.

Doch, sagte er, tatsächlich. Eines der Küchenmädchen hat vor kurzem ein Kind geboren; seine Kammer muss sich über Ihrem Zimmer befinden. Wir haben in diesem Flügel im Dachstock ein paar zusätzliche Schlafgelegenheiten für Bedienstete geschaffen. Man hat mir geraten, das Mädchen in sein Dorf zurückzuschicken; aber da sich dies nicht mit meiner Gesinnung vereinbaren ließ, habe ich's behalten, unter der Bedingung, dass die Gäste, deren Sittlichkeitsempfinden ich respektieren muss, das uneheliche Kind nicht zu Gesicht bekommen. Fühlen Sie sich durch das Schreien erheblich gestört?

Es ist so laut, sagte Pestalozzi.

Ich werde veranlassen, sagte Zehender, dass man dem Mädchen eine andere Kammer zuweist.

Es ist mütterliche Naturpflicht, die Tränen des Kindes zu trocknen.

Ganz gewiss. Ich habe dem Mädchen ja auch erlaubt, zwischendurch sein Kind zu versorgen.

Wie heißt sie denn?

Die Mutter? Rosalia. Oder täusche ich mich? Doch ja, Rosalia. Ein eher ungewöhnlicher Name.

Kennt sie ihre Mutterpflichten? Oder hat sie schon verlernt, der Stimme ihrer inneren Natur zu gehorchen?

Sie ist ungebildet wie fast alle aus dem niederen Volk. Dank Ihren Anstrengungen, Herr Pestalozzi, wird sich das in künftigen Generationen hoffentlich ändern.

Pestalozzi stand ruckartig auf.

Ohne elementare und allseitige Bildung seiner Kräfte ist das Volk nicht zu retten, sagte er. Wenn wir die Armen nicht von den Ketten der Unbildung befreien, wenn wir die Schranken zwischen den Menschenklassen nicht beseitigen, sind wir verloren und wird unser Land, auf ewig in sich zerstritten, dem unvermeidlichen Untergang entgegentreiben.

Zehender legte ihm eine Hand auf die Schulter. Mein lieber Pestalozzi, sagte er, beruhigen Sie sich. Sie können gewiss sein, dass Ihre Absichten bei den besten Köpfen im Land ungeteilten Beifall finden. Aber ich frage Sie erneut, ob Ihnen daran gelegen wäre, mich auf einem Spaziergang zu begleiten.

Ich fühle mich müde, sagte Pestalozzi.

Kein Wunder. Ihr Zimmermädchen hat mir geklagt, dass Sie kaum etwas essen.

Wenn ich nicht tätig bin, habe ich keinen Hunger.

Und doch dürften Sie sich nicht auf solch sträfliche Weise vernachlässigen. Solange Sie mein Gast sind, fühle ich mich verantwortlich für Ihre Gesundheit. Bewegung in frischer Luft wird Sie kräftigen. Kommen Sie mit, ich bitte Sie. Ich will Sie zu einem

Aussichtspunkt führen, und nachher trinken wir zusammen ein Glas Wein, das werden Sie gewiss nicht verschmähen.

Ich bin nicht gekleidet, um außer Haus zu gehen, sagte Pestalozzi in halbherziger Abwehr.

Zehender deutete auf die Kleidungsstücke, die Mädi säuberlich über eine Stuhllehne gelegt hatte.

Ziehen Sie Ihren Gehrock an, dazu die Reisestiefel, das genügt. Draußen ist's warm, wenn auch noch ziemlich nass.

Pestalozzi gehorchte zögernd. Zehender half ihm mit resoluten Bewegungen in den Gehrock. In der Zwischenzeit, sagte er, wird das Mädchen gründlich lüften.

Pestalozzis Blick fiel auf die Steine, die in unveränderter Reihenfolge auf der Kommode lagen. Sie wirkten im helleren Licht porös und pastellfarben zart, als hätten sie an Gewicht verloren.

Werden wir Steine finden für meine Sammlung?, fragte Pestalozzi.

Mag sein, sagte Zehender, leicht irritiert, Steine gibt es überall.

Ich habe Tausende von Steinen aus meinen Feldern beim Neuhof weggeräumt, sagte Pestalozzi, ich habe sie verwünscht, und ich habe sie gehasst.

Und jetzt wollen Sie tatsächlich Steine sammeln?

Ja.

Sie verließen das Kurhaus durch den Haupteingang. Die Sonne hatte viele Gäste ins Freie gelockt. Sie wandelten auf und ab, schlenderten, in Gruppen und Grüppchen, zu den Gartenanlagen hinüber, die im Schatten der alten Eiche lagen. Zehender tat unbefangen; er hatte sich bei Pestalozzi eingehängt und versuchte, sich dessen schleppender Gangart anzupassen; er redete in scherzhaft plauderndem Ton auf ihn ein, während er gleichzeitig den Gästen, die ihnen entgegenkamen, grüßend zunickte. Der Weg führte sie, in sachtem Anstieg, durch den Wald. Von den Bäumen tropfte es; Licht und Schatten wechselten rasch miteinander ab. Im Schatten begann Pestalozzi zu frieren; sobald aber die Sonne unbehindert seinen Rock beschien, wurde ihm heiß, und die Luft erschien ihm drückend schwül. Sie erreichten die erste Weide; links oben, auf einer Anhöhe, sah er den hölzernen Pavillon, den Zehender beschrieben hatte. Einige Gäste, spielzeugartig winzig, saßen dort im Schatten; weiter unten weideten Kühe.

Da Sie ja, sagte Zehender, im Augenblick menschliche Gesellschaft scheuen, habe ich ein Ziel gewählt, wo Sie mit Sicherheit niemand behelligen wird. Statt dem Pavillon zuzustreben, bog er seitlich ab, einen kaum noch erkennbaren Pfad einschlagend.

Sie durchquerten den Ausläufer eines lichten Föh-

renwaldes, dem eine Heuwiese folgte, die noch un-
gemäht war. Am Wegrand blühte vereinzelt Arnika.
Ihr Goldgelb hatte eine Leuchtkraft, die Pestalozzi
beinahe schmerzte. Unterhalb von ihnen, nahe beim
Wald, stand eine halbverfallene Hütte, wohl ein ehe-
maliger Stall. Das letzte Stück, abgegrastes Weid-
land, war sehr steil. Sie stiegen im Zickzack, von
Trampelpfad zu Trampelpfad, den Hang hinauf.
Pestalozzi atmete stoßweise; er spürte mit Widerwillen, dass der Schweiß sein Hemd durchtränkte.
Die Beine gehorchten ihm kaum noch; die Oberschenkel schienen aus einer zähen Masse zu be-
stehen, die sich gegen jede Bewegung sträubte. Er
wollte Zehender, der unbeirrbar voranging, um eine
Ruhepause bitten; aber er brachte kein Wort über
die Lippen. Es wurde, einen Augenblick lang, zu
einer Angelegenheit von Leben und Tod, dieser
Gestalt mit den wattierten Schultern auf den Fersen
zu bleiben.

Zehender drehte sich um. Wir sind gleich oben,
sagte er. Deutlich langsamer ging er wieder voran.
Pestalozzi schaute seinen nassen Stiefeln zu, die sich
schwerfällig bewegten. Der Boden wich unter ihm
zurück; er hatte das Gefühl zu schwimmen. Der
Hang ging über in ein kleines Plateau, dessen Rän-
der durch den Wald begrenzt wurden, der von hier
aus anstieg wie eine mächtige dunkle Mauer. Auf

der Weide, die vor Nässe troff, wuchsen, allein stehend oder in kleinen Gruppen, Föhren und Fichten. Drehen Sie sich um, sagte Zehender, schauen Sie! Pestalozzi, der allmählich wieder zu Atem kam, gehorchte. Wie ein riesenhafter, grobgewirkter Teppich mit dunklen Knoten und durchscheinenden Rissen dehnten sich die Wälder vor ihm, blauschwarz, düstergrün, durchflochten von leuchtend grünen, aufgefaserten Fäden; sie senkten sich, von Stufe zu Stufe, in Abstürzen und sanft geneigten Partien ins Flachland hinunter, als wollten sie, Wipfel an Wipfel, den felsigen Untergrund glätten. Das Flachland selber, dunstig entrückt, war in unendlicher Vielfalt gemustert durch Felder, Wiesen und Äcker, nach allen Seiten hin begrenzt und durchschnitten von Hecken, Straßen und Flüssen: ein unerschöpflicher Reichtum zarter Farben und Formen. Inselgleich ragten bewaldete Hügel daraus hervor. Gegen den Horizont zu widerspiegelten die drei Jurafußseen den blendend hellen Himmel; dahinter, kaum noch erkennbar, die langgezogene Kette des Gebirges in zartem, zerfließendem Blau, das die Helligkeit ringsum aufsog wie körniges Papier.

Haben Sie jemals einen so weiten Ausblick gehabt?, fragte Zehender mit einem Anflug von Besitzerstolz. In diese Helligkeit hineinzuschauen, tat Pestalozzis Augen weh; sein Blick verlor den Halt und kehrte zu den Stiefeln zurück, die er, den Druck verstärkend, im Gras zu verankern versuchte, damit er nicht durch die Weite davontrieb. Zehender führte ihn ein paar Schritte zu einer Tanne, neben der ein Felsquader lag, um den, dichte Polster bildend, Moos wuchs, goldenes Frauenhaar mit rötlichen Sporenkapseln. Hier können wir uns setzen, sagte Zehender, der Stein ist trocken genug. Er breitete ein weißes Taschentuch über den Felsen und lud Pestalozzi zum Sitzen ein; dieser aber setzte sich, seinen Gedanken nachhängend, daneben, so dass Zehender, nach kurzem Zögern, sich selber auf das Tuch setzte. Die untersten Äste der Tanne streiften beinahe ihre Köpfe; sie saßen gleichsam in einem dämmrigen Gemach und schauten hinaus in die Welt des Lichts.

Ich bin froh, sagte Pestalozzi, jetzt im Schatten zu sein.

Hat Sie der Aufstieg sehr ermüdet?, fragte Zehender. Er schwieg eine Weile. Von weit her hörte man das Bimmeln der Kuhglocken; in der Nähe zirpten Grillen. Denken Sie nicht auch, sagte Zehender, dass es sich lohnt, sich für dieses Land einzusetzen? Er wies mit einer weit ausholenden Gebärde auf das Panorama zu ihren Füßen.

Bebauter Boden, sagte Pestalozzi, überall bebauter Boden.

Ja, sagte Zehender, der Mensch hat sich die Natur gefügig gemacht.

Und soll es wirklich so bleiben, fragte Pestalozzi, dass der Boden nicht denen gehört, die ihn bebauen?

Wie meinen Sie das? Die neue Regierung hat die entehrenden Feudallasten abgeschafft; mehr kann sie nicht tun.

Abgeschafft? Sie hat den kleinen Zehnten aufgehoben; vom großen aber muss man sich loskaufen durch eine Ablösesumme, die die ärmeren Schichten in den seltensten Fällen bezahlen können.

Die alten Rechte sind durch die Revolution von den Feudalherren an den Staat übergegangen. Das ist unzweifelhaft ein Fortschritt, der eine gerechtere Verteilung der Zinslast ermöglicht.

Ein solcher Zustand ist meilenweit von jener Gerechtigkeit entfernt, die ich fordere. Was haben unsere bewunderten Vorfahren gemacht? Sie haben die Vögte ihrer Rechte beraubt, um sie selber zu genießen! Den gleichen Kniff wendet nun die helvetische Regierung an. Der Arme sitzt immer am kürzern Hebelarm; die Revolution wird an seiner Ausbeutung nichts ändern. Ist das Gerechtigkeit, Zehender?

Was wollen Sie denn?

Bedingungslose Aufhebung der Abgabepflichten für das niedere Volk. Ein jahrhundertealtes Unrecht lässt sich nicht gutmachen, indem man es umwandelt und verfeinert; man muss es für null und nichtig erklären, wenn der Staat wahrhaftig auf neuen Fundamenten bauen will.

Aber der Staat braucht Geld, um seine Aufgaben zu erfüllen. Woher nehmen und nicht stehlen?

Jetzt sollen die bluten, die das Volk ausgezehrt haben und auf unrechtmäßig angehäuftem Reichtum sitzen. Das ist nicht nur das Patriziat, das sind auch die Bürger, die für ihren Wohlstand die Ärmsten haben spinnen und weben lassen.

Wollen Sie sich an der Heiligkeit des Eigentums vergreifen?

Das Eigentum ist nur heilig um seines Zweckes willen: dass jedermann in Bequemlichkeit und Würde auf seinem Wohnplatz leben kann, ohne die Raffgier des Unersättlichen fürchten zu müssen, der über seinen Bedarf hinaus dem Armen Brot und Kleidung wegstiehlt.

Das tönt mir jakobinisch radikal, sagte Zehender. Immerhin hat die Revolution dem Volk erhebliche Erleichterungen gebracht. Wir haben eine Verfassung geschaffen, wir haben die allgemeine Gewerbefreiheit gewährt, wir haben die Feudallasten in ihrer bisherigen Form abgeschafft.

Erleichterungen, Erleichterungen!, rief Pestalozzi. Nur Tyrannen erleichtern das Volk. Wenn ich dem

Esel sage, dass ich seine Last erleichtern will, so sage ich damit, dass er weiterhin mein Lasttier ist. Wenn ihr wirkliche Revolutionäre sein wollt, dann gebt dem Volk seine volle Würde zurück, seine uneingeschränkte Entscheidungsfreiheit! Aber das fällt euch nicht im Traum ein. Ihr seid für die Revolution und ihre Ideale, solange sie euch nützen; ihr fresst euch satt an ihren Prinzipien, und sobald euch die Gleichheit und die Brüderlichkeit in den falschen Hals geraten, spuckt ihr sie aus, vermischt mit eurer Wohlstandsgalle.

Zehender versuchte, seinen aufsteigenden Ärger zu bezähmen. Sie gehen zu weit, sagte er, ich schreibe Ihre Ausdrucksweise dem fiebrigen Zustand zu, in dem Sie sich befinden.

Oh nein, Zehender, ich weiß, wovon ich rede, ich habe mit dem Opportunismus der Bürger, die die Revolution als zweckdienliche, aber vorübergehende Mode betrachten, längst meine Erfahrungen gemacht.

Ich habe es immer für falsch gehalten, aus persönlicher Betroffenheit zu verallgemeinern. In Ihrer Betrachtungsweise fehlen mir die praktikablen politischen Ideen. Mit Gefühlen kann ich mich nicht auseinandersetzen, wohl aber mit klar umrissenen Veränderungsvorschlägen.

Glauben Sie tatsächlich, dass wir Veränderungen

nur anstreben sollten, wenn wir kalten Blutes blieben? Ich sage dir, Zehender, da haben wir zuletzt den mechanistischen Staat, der seine Feinde guillotiniert, ohne ihre Gesichter zu kennen.

Dahin hat die schrankenlose Revolution in Frankreich ja geführt.

Und warum? Weil die Machthaber die Seele der Revolution verrieten, statt sie dem Volk einzuhauchen.

Ich verstehe Sie nicht.

Pestalozzi lachte kurz auf, beinahe meckernd; aber sein Gesicht war verstört. Warum stellt ihr euch taub, wenn ihr die Wahrheit hört? Aber gut, du willst praktikable Vorschläge. Hier hast du sie: Ich fordere eine Steuer, die die Reichsten am härtesten, die Ärmsten am wenigsten belastet. Ich fordere die Aufhebung aller Lehenslasten und die Verstaatlichung der Allmenden, denn der Boden ist Gemeingut und nicht Spekulationsobjekt der Begüterten.

Damit zertrümmert Ihr die Fundamente der bürgerlichen Ordnung!

Nein, Zehender, ich grabe mich hinunter zu den Wurzeln der natürlichen Ordnung, die wirtschaftliche Einzelinteressen während Jahrhunderten verschüttet hatten.

Wie sollte der Staat die riesige Fläche der Gemeindegüter verwalten und bewirtschaften? Das

Ende wäre eine unmäßig aufgeblähte Bürokratie, in der die Verantwortung vom einen zum andern geschoben wird.

Lass mich ausreden, Zehender, ich meine es anders. Der Staat mag den so gewonnenen Boden, gegen bescheidenes Entgelt, an kleine Bauern und Taglöhner verpachten oder verkaufen; er soll indessen darüber wachen, dass er keiner unrechtmäßigen Verwendung zugeführt wird.

Und was wäre nun der Unterschied zur vorherigen Lehenslast?, fragte Zehender höhnisch.

Ihr versteht mich wahrhaftig nicht, rief Pestalozzi. Die Vorteile sind für alle, die sich gegen das Volk nicht verhärtet haben, klar ersichtlich. Erstens erreicht man eine gerechtere Verteilung des Bodens. Zweitens wird der Grundwert des abgegebenen Stück Landes belastet und nicht der Ertrag, den es abwirft. Dieser soll keinem andern als dem Bauern gehören, denn er hat ihn durch seiner Hände Arbeit geschaffen. Und wenn der Bauer den Boden verbessert, wenn er Sand in schwarze Erde verwandelt, dann soll, wie's das Naturrecht verlangt, die Steigerung des Werts dem zukommen, der sie erreicht hat. Das nenne ich Gerechtigkeit. Bisher hatten Fleiß und Können keinen gesicherten Wert. Schreit das nicht zum Himmel? Ich will nichts anderes, als dass auch dem Minderbemittelten sich die Möglichkeit eröffnet, die Fesseln seiner Armut zu sprengen; ich will nichts anderes, als was meine Vernunft und mein verwundetes Herz mir eingeben. Ja, Zehender, ich kann unmöglich kalten Blutes handeln, wenn so viel Ungerechtigkeit mich verletzt.

Pestalozzi stand vor Zehender und verstellte ihm den Blick, eine untersetzte, scharf gezeichnete Gestalt vor dem überhellen Himmel; seine Hände zitterten, und er fühlte das Hämmern des Pulses im Hals.

Eines wundert mich, sagte Zehender. Sie machen sich zum Sprecher des niederen Volkes. Aber wissen Sie denn überhaupt, was es sich wünscht? Will es diese Gleichmacherei, die Sie ihm unterschieben? So wie ich das Volk kenne, verlangt es nach einer abgestuften Ordnung, in der jeder den Platz einnimmt, der seinen Fähigkeiten entspricht, in der es ein Oben und ein Unten gibt, Führende und Geführte, solche, die mehr, und solche, die weniger haben. Das Volk will zu Vorbildern aufschauen und ihnen nacheifern können; es hat die Fähigkeit zur Selbstverwaltung nicht, die Sie ihm zubilligen; es hat sie nicht, und es will sie nicht.

Pestalozzi, der mit wachsender Unruhe zugehört hatte, fiel Zehender ins Wort. Schweigen Sie!, rief er. Wenn einer das Recht hat, über das niedere Volk zu urteilen, dann bin ich's. Ich habe unter ihm gelebt, jahrelang, ich habe seine Leiden geteilt, ich weiß, welche Kräfte in ihm schlummern. Aber wie soll das Volk sich für die Revolution erwärmen, wie soll es ihre Grundsätze zu den seinen machen, wenn man's in seiner Unbildung belässt? Muss es nicht zunächst seine Lage begreifen lernen? Ich sage a und meine: Man lasse das Volk zur Einsicht gelangen, dass die Welt, die es vorfindet, nicht ein steinerner Klotz ist, unveränderbar bis in alle Ewigkeit, sondern ein Teig, der sich kneten und formen lässt. Ich sage b und meine: Die Fertigkeiten des Lesens und Schreibens führen das Volk aus seiner Stumpfheit heraus. Einem lesenden und denkenden Volk werden die Augen aufgehen; es wird begreifen, dass es sein Schicksal in die eigenen Hände zu nehmen vermag. Darum, Zehender, steht am Anfang jeder wahren Revolution die Bildung des Volkes. Aber gesteh's, Zehender, eine solche wurzelerneuernde Bildung, mit deren Hilfe sich eure Ziele durchleuchten ließen, wäre euch zu gefährlich. Ihr wollt ja nur eines: auf demselben Ross reiten wie vormals das Patriziat, das ohnehin in seinen Schlupfwinkeln darauf lauert, von euch zu Hilfe gerufen zu werden.

Zehender hob, wie zum Protest, die Hände und ließ sie wieder sinken. Ich will mich nicht mit Ihnen streiten, sagte er. Die Politik vermag heute selbst die besten Freunde zu entzweien. Er stand auf und berührte Pestalozzi freundschaftlich am Arm. Erzählen Sie mir lieber von Stans, von Ihren pädagogischen Unternehmungen. Sie wissen ja, wie bewundernswert ich Ihre aufopfernde Tätigkeit finde.

Pestalozzi schüttelte mit einer heftigen Bewegung Zehenders Hand ab und drehte sich um.

Sie missverstehen mich, sagte Zehender in beinahe flehendem Ton, ich will Sie nicht bedrängen.

Pestalozzi machte einige Schritte in die Weite hinein; er trat aus dem Schatten ins Licht. Zehender folgte ihm. Dort, weit hinten, in der Zone der sanften Bläue, wo der Jura wie ein fernes Riff das Meer der Felder und Äcker begrenzte, musste der Neuhof liegen, das Birrfeld. Dort leben die Zurückgelassenen, Anna, der Sohn, die Schwiegertochter, der Enkel, die Magd Elisabeth. Anna hatte sich geweigert, ihn nach Stans zu begleiten. Keine Reise mehr ins Ungewisse. Ich habe deine planlosen Abenteuer satt. Ein Neubeginn mit zweiundfünfzig Jahren? Die Freunde, allen voran Lavater, hatten ihn beschworen, sich zu schonen und dem Vaterland auf vernünftigere Weise zu dienen.

Je länger er in die Weite schaute, desto mehr schien sie sich, von den Rändern des Blickfelds her, in unmerklicher Weise zu trüben. Dort lag der Neuhof. Diese kargen, mager bewachsenen Felder, von diesem und jenem stückweise zusammengekauft. Als Dreiundzwanzigjähriger hatte er sich bis über beide Ohren verschuldet. Ich will Bauer werden. Die Mutter schenkte ihm tausend Gulden, die sie sich vom Mund abgespart hatte. Mit Mergel den sandigen Boden verbessern. Hacken und jäten. Steine, viel zu viele Steine. Jeder Stein hat seinen eigenen Klang; aber das habe ich damals noch nicht gewusst.

Mit dem Ertrag des Krappanbaus, Anna, werde ich dich ernähren können; Tschiffeli hat mir's schwarz auf weiß vorgerechnet. Die Wurzel zermahlen und in Wasser lösen, das Tuch darin tunken: leuchtend rot wird es; alle Damen tragen heutzutage gefärbte Tücher. Ein sicheres Geschäft, Anna. Tagtäglich auf den Feldern. Den Bau von Bewässerungsanlagen überwachen. Immer wieder Erde zwischen den Fingern zerkrümeln, um ihre Güte zu prüfen. Dann der Hagel; alle Hoffnung unter taubeneiergroßen Schloßen zerfetzt. Wachsende Schulden und keine Möglichkeit, sie abzuzahlen. Schulthess kündigte ihm das Darlehen. Man wirft ihm vor, er habe zu weiträumig, zu herrschaftlich geplant.

Er hatte ein Haus bauen lassen mit aristokratischen Maßen; Anna als Fürstin. Du brauchst Platz um dich, du sollst herrschen können. Der zweite Stock blieb unvollendet; starrende, nackte Balken.

Die Hungerjahre folgten sich. Dazu die Bettelkinder im Haus; Jacques versteckte sich vor ihnen. Er wurde schreckhaft in jener Zeit, zuckte bei ungewohnten Geräuschen zusammen, zitterte, wenn man ihn ansprach. Anna sagte, er leide unter der Rohheit der fremden Kinder. Der alte Traum von der Armenanstalt. Er nahm sie auf, Debile und Krüppel, Verwahrloste und Verschupfte; er kümmerte sich nicht um Annas Widerstreben. Verwilderte und verhärtete Seelen? Siehst du denn nicht, dass ihre Gesichter sich unter dem wärmenden Einfluss der Liebe verschönern? Man braucht keine Angst vor ihnen zu haben, Jacques. Seide hecheln, Wolle spinnen: das mag uns über Wasser halten, Anna.

Im Winter 78/79 fehlte selbst das Holz zum Heizen. Frostbeulen an den Händen, im Gesicht. Man fror, als stände man nackt im Schneegestöber.

Pestalozzi verkaufte in der äußersten Not einen Teil der Güter an seinen Schwager. Er erschöpfte sich in Selbstvorwürfen. Das mangelnde Geld zwang ihn dazu, die Kinder fortzuschicken. Tod bei lebendigem Leib.

Er lief über die Felder, um deren Fruchtbarkeit er gekämpft hatte. Die Spuren seiner Stiefel im Grund. Auch hier Verwilderung, der Triumph des Unkrauts. Die Bauern nannten ihn die schwarze Pestilenz; sie bekreuzigten sich, wenn er vorüberlief.

Aber ich lebe noch. Ich stehe hier auf eigenen Füßen. Ich bin nach Stans gegangen. Ich habe überlebt.

Sie gingen zurück. Für kurze Zeit verschwand die Sonne hinter bizarr geformten Ausläufern der Wolkentürme, die dem Horizont entlangtrieben. Ein riesiger Schattenstreifen zog über die Hänge und verfärbte sie ins Violett-Gelbliche; dann brach die Sonne wieder hervor. Da der Weg abwärts führte, vermochte ihm Pestalozzi jetzt mühelos zu folgen. Als sie ein kleines Bachbett überquerten, bückte er sich und holte eine Handvoll Kiesel aus dem Wasser; sie glänzten, auf schwarzem Grund, in satten Rot- und Grüntönen. Die Farben werden bald verblassen, sagte er, mehr zu sich als zu Zehender. Er zögerte einen Moment lang, dann ließ er die Kiesel aus der Hand gleiten. Einer, der am Rand aufschlug, erzeugte einen angenehmen, beinahe musikalischen Klang.

War es ihm nicht an jenem Sonntag gelungen, Jacques' Leiden zu mildern? Er war von einem ausgedehnten Gang über die Felder heimgekehrt. Ein neuer Anfall – es war der dritte am selben Tag – hatte das Kind niedergeworfen. Es lag mit verkrampften Gliedern auf dem Boden und schrie, was es noch nie getan hatte; es schrie und heulte wie ein Tier, und ringsum standen die Erwachsenen, hilflos, schreckensstarr. Pestalozzi wusste nicht, was ihn trieb. Er fiel vor dem schreienden Kind auf die Knie und begann zu beten. Seine Stimme kämpfte um Gehör; sie schwoll an von Wort zu Wort und übertönte schließlich das Geschrei. Die Worte zersprangen an den Wänden, fielen, in Stücke geborsten, auf ihn zurück. Er verdoppelte seine Kräfte. Das Kind warf den Kopf hin und her; aus seinem aufgerissenen Mund flogen Speichelflocken. Er hielt, ununterbrochen betend, den zuckenden Kopf mit beiden Händen fest, presste seine Finger auf Hinterkopf und Schläfen. Vor seine Augen schoben sich dunkle Schleier der Erschöpfung. Anna stand neben ihm, mit blutleerem Gesicht. Plötzlich verstummte das Kind. Das dämmrige Zimmer schien sich mit grünem Licht zu füllen. Er war auf den Grund eines Sees gesunken, Jacques an seiner Seite. Er blieb knien, die Lungen voller Luft; beim Aufstehen wäre er davongeschwebt und hätte sich an der Decke gestoßen. Das Kind öffnete die Augen; es schaute ihn an, es erkannte ihn. Lautlos begann es zu weinen. Anna und Elisabeth flüsterten miteinander. Er hielt die feuchte Hand des Kindes in der seinen. Er achtete nicht mehr auf das Stechen zwischen seinen Rippen; vom Zwerchfell her verbreitete sich eine tröstliche Wärme in seiner Brust. Habe ich's nicht endlich vollbracht, ein würdiger Vater zu sein? Sie trugen das Kind ins Bett; es schlief sogleich ein. Annas Gesicht entspannte sich; ein rasches Lächeln ließ es, für Augenblicke, um Jahre jünger erscheinen. Sie saß auf dem Bettrand; er legte, hinter ihr stehend, seine Hand in ängstlicher Zartheit auf ihre Schulter; sie ließ ihn gewähren. Von diesem Ereignis an blieben die Anfälle während Monaten aus. Dank und Preis dem Ewigen für meine Leiden, die ich mit Seiner Hilfe zu überwinden vermag.

Sie erreichten das Kurhaus. Alles sah aus, als ob sich nichts verändert hätte; nur die Blicke, die ihn streiften, schienen ihm eine Spur wärmer. Darüber wunderte er sich.

Er trank zusammen mit Zehender in dessen Privatwohnung eine Flasche Wein. Die sinkende Sonne schien ins Zimmer, verwandelte es in eine Landschaft aus schimmernden Stoffen und tanzendem Staub. Er hielt das Glas gegen das Licht: rubinrot glühte der Wein; er ließ ihn kreisen im Glas. Das Licht war ihm merkwürdig wichtig heute, Licht in seiner wandelbaren Gestalt, rein und gebrochen, Lichtströme, Lichtbündel, Lichttupfen, unendlich facettiert von Blendung zur Besänftigung, Spiegelflächen, in denen unbekannte Schatten lauern. Der

Wein stieg ihm in den Kopf. Eine lauwarme Übelkeit stumpfte seine Empfindungen ab. Er lachte über die Anekdoten aus der Berner Aristokratie, die ihm Zehender erzählte; aber sein Lachen war ihm ebenso fremd wie der Geschmack des Weins auf seiner Zunge. Widerspruchslos nahm er's hin, dass Zehender in regelmäßigen Abständen sein Glas nachfüllte. Er trank sehr schnell, beinahe gierig, als ob er einen lang verleugneten Durst löschen müsste.

Zehender lehnte sich genießerisch zurück. Im Burgund, sagte er, wächst eben doch der beste Wein. Pestalozzi nickte, sehr behutsam allerdings, denn er fürchtete, bei einer allzu heftigen Bewegung könnte sein Kopf abfallen. Er wusste, dass er sich eigentlich traurig fühlen müsste; aber die Trauer war eingeschlossen von einer gläsernen Mauer, und er fühlte sich zu schwach und willenlos, um sie zu durchbrechen. Würde nicht gleich die Sonne durchs Fenster hereinstürzen und seinen erwachenden Lebensmut wieder versengen? Mädi fiel ihm ein, das Korberkind.

Ich will Mädi unterrichten, sagte Pestalozzi, ich will ihr mit Hilfe meiner *Methode* das Lesen und Schreiben beibringen.

Erstaunt fasste Zehender ihn ins Auge. Ein pädagogischer Versuch in meinem Haus?, sagte er. Warum nicht?

Täglich eine halbe Stunde, sagte Pestalozzi, und Ihr sollt staunen, Zehender. Die Bildungskraft des Volkes ist unerschöpflich. Ich liebe das Volk. Begreift Ihr, Zehender? Ich liebe es. Eines Tages wird es auch mich lieben. Er stockte und fügte, nach einer Pause, mit unvermuteter Heftigkeit hinzu: Aber niemand darf eine solche Liebe fordern.

In der Nacht begann ein starker Westwind zu blasen; er rüttelte während Stunden an den Fensterläden und ließ sie gegen die Mauern klappern. Ein an- und abschwellendes Sausen ging durch die Luft; mehrfach widerhallte das Haus von Poltern und unbekannten hell klingenden Geräuschen. Trotz seines weinschweren Kopfes schlief Pestalozzi unruhig. Er saß in einem Schlosspark auf dem nassen Boden; über ihm die verdorrenden Äste einer Riesentanne. Da begegnete ihm ein Priester; es war Zschokke. Er las in der Bibel; aber die Bibelworte verwandelten sich in seinem Mund zu lateinischen Verfluchungen. Es knarrte im Holz. Der Wind fuhr durch die Kronen der alten Bäume. Weit weg schrie ein Kind. Pestalozzi irrte durch die Gänge des Kurhauses; Finsternis und fahle Beleuchtung folgten sich in unerträglich raschem Wechsel. Er litt darunter, den Namen des Kindes vergessen zu haben. Von den gesichtslosen Gästen, die ihm auswichen, gab keiner eine verständliche Antwort. Draußen wurde es heller; mit unverminderter Heftigkeit blies der Wind. Schwallweise drang frische Luft durchs offene Fenster; sie roch nach Erde und vermoderndem Laub. Pestalozzi lag in einem umgitterten Kinderbett; er war ein Kind und dennoch erwachsen. Seine Glieder versteiften sich in schrecklichen Krämpfen. Er schlug um sich; aus seinem Mund rann Speichel, der das Kinn benetzte. Er wollte schreien; aber die Schreie waren so mächtig, dass sie keinen Ausgang fanden, und davon schwoll sein Körper an wie Hefeteig. Während dies alles geschah, war ihm gleichzeitig bewusst, dass er Jacques' Krankheit auf sich genommen hatte und ihr nun bis zu seinem Lebensende ausgeliefert sein würde. Auf der Türschwelle stand die Mutter; sie lächelte; aber obwohl er sie sich an seine Seite wünschte, wich sie nicht von der Stelle und blieb ihm, getrennt durch ein paar Schritte, entrückt. Menalk, der plötzlich auch Jacques war, floh vor ihm, in einem langen, flatternden Totenhemd. Der Sturm heulte; an Menalks Totenhemd züngelten die Flammen empor und sprühten auch aus seinen Fingerspitzen. Pestalozzi, hinter ihm herrennend, nannte ihn Brandstifter und Mörder. Seine Kräfte erlahmten. Das Haus, in dem Menalk Zuflucht fand, brach zusammen; eine riesige Staubwolke stieg auf. Pestalozzi warf sich ins Gras und lachte. Betrug!, schrie jemand. War es der Minister Stapfer? Ich weigere mich, Halstücher à la mode zu tragen, entgegnete Pestalozzi mit Nachdruck. Das Echo seines Gelächters klang ihm noch in den Ohren; er schämte sich vor dem Publikum, das ihn, auf roten Sesseln sitzend, begaffte. Nach kurzem Zögern verbeugte er sich und setzte sich in die letzte Reihe, wo noch ein Stuhl frei war. Auf der Bühne tanzten Kinder, die er alle zu kennen glaubte, einen lärmenden Reigen. Ohne dass jemand darauf achtete, liefen ihm die Tränen übers Gesicht. Es war, als ob ein Gefühl nutzloser Sehnsucht endlich an die Oberfläche geschwemmt würde.

Den ganzen Tag über blies der Wind. Dennoch wollte er die Tanne aufsuchen, unter der sie gestern gesessen waren. Er stemmte sich beim Aufstieg gegen den Wind; seine Gesichtshaut spannte sich und begann zu prickeln. War es warm oder kalt? In ihm war alles zugleich: Hitze und Frost, Zuversicht und Bitterkeit. Einen Augenblick lang zögerte er und fragte sich, ob er dem richtigen Weg folge; dann erkannte er Zeichen, die ihm so vertraut schienen, als ob er sie schon hundertmal gesehen hätte: ein schief hängendes Kuhgatter, die besondere Biegung eines Baums. Die Tannen auf der Anhöhe erschienen ihm wie schwankende, grünschwarze Türme. Statt auf den Felsquader setzte er sich auf den Boden, mit dem Rücken an den Stamm des Baumes gelehnt. Durch den Rock hindurch spürte er die Rauheit der Rinde. Aus einem Stück Rinde hatte er Jacques einst ein Boot zu basteln versucht, mit einem notdürftig befestigten Mast, an den er ein Taschentuch geknüpft hatte. Das Boot war, er wusste nicht warum, nach ein paar schlingernden Bewegungen im Bach untergegangen, und Jacques hatte sich fassungslos übers Wasser gebeugt, während er beschämt, mit hängenden Armen, danebengestanden war.

Erst jetzt sah er, dass der Himmel zum größten Teil bedeckt war. Schiefergrau und Bleiweiß, dazwischen die Löcher, aus denen die Bläue hervorsprang. Aber nichts hatte Bestand; die Beleuchtung und die Wolkenformen änderten sich von Minute zu Minute.

Ich habe Jacques zum blinden Pfeffel nach Colmar gegeben, in die Gesellschaft von Großbürgersöhnen. Verfeinere deine Manieren; erweitere dein Wissen; du musst dich behaupten in der Welt. All das gegen meine Natur. Militärische Zucht, um zumindest eine äußere Sicherheit aufzurichten. Mit angelernter Höflichkeit übertünchen, dass dich die Wirklichkeit beängstigt. Was hat es genützt? Nach der Heimkehr haben die Anfälle wieder eingesetzt, schlimmer als je.

Über ihm breiteten sich die Äste aus wie ein viel-
armiges Geflecht, Millionen immergrüner Nadeln,
buschig abstehend, winddurchkämmt und windge-
schüttelt. Das Rauschen klang vielstimmig; wenn er
genau hinhorchte, unterschied er Pfeiftöne, Heulen
in höhern und tiefern Lagen, manchmal ein heiseres
Fauchen oder das Knacken und Girren im Holz.
Einige untere Äste waren dürr, braune Skelette, die
er zu übersehen versuchte. Bei heftigen Windstö-
ßen rieselten dürre Nadeln auf den Boden, in dem
schichtweise Nadeln von Jahrzehnten verrotteten.
Fäulnis und Verrottung; auch das einstmals Gesun-
de entgeht ihr nicht. Und wieder Jacques. Achtund-
zwanzig jetzt, eine Schreibstubennatur. Die Versuche damals mit Magnetismus … Das Zeichen ist
unsichtbar. Nur wer in seinem Blick zu lesen vermag, ahnt die Verschleierung der Seele. Aber was
will ich? Er hat geheiratet, er hat Kinder gezeugt.
Er lebt.

Die Geburt des Enkels Gottlieb im vorigen Jahr
hatte Pestalozzi an andere Geburten erinnert, an
Annas gellende Schreie bei der Niederkunft, an das
Geflüster und das angstvolle Hin und Her, als er ein
Kind gewesen war. Er lag wach im Bett, vor Angst
gelähmt; er ahnte, dass sich etwas Ungeheures und
Bestürzendes ereignete, von dem man ihn aus-

schloss. Jemand führte ihn zur Wiege. Dieses runzlige Säuglingsgesicht mit dem abweisenden Ausdruck. Schwester, ein neues Wort. Nachts dünne Schreie. Unbekanntes Leben, das ihn bedrohte. Und doch fühlte er sich hingezogen zu dem warmen, säuerlich riechenden Körper. Aber war ihm die Mutter immer so fern gewesen? Der Eindringling auf ihren Armen; eine wärmende Hülle von Vertrautheit umgab die beiden, ein Dunstkreis von Zuneigung und Hingabe. Er saß auf der Ofenbank und beobachtete die Hantierungen der Mutter. Schwestern, noch mehr Schwestern. Er gewöhnte sich daran. Aber eines Tages waren sie verschwunden. Gedämpfte Stimmen im Haus; die Mutter weinte. Er wagte nicht, die Schwestern zu suchen; aber sie hinterließen eine Leere, die er gegen die Gefühle, die ihn zu überwältigen drohten, sorgsam abdichtete. So strömte nichts hinein, drang nichts hinaus; es blieb ein schmerzlos heller Fleck, eine Wunde, die niemals blutete.

Nur Bäbe überlebte. Vergessene Zärtlichkeit und Barrikaden der Angst. Gab es nicht noch einen andern, den er in diese unbetretbare Region seiner Vergangenheit verbannt hatte? Eine Stimme, die den Raum ausfüllte; Hände, die ihn packten und in die Höhe hoben: Vater, das verbotene Wort. Er trug Stiefel, wenn er abends heimkam; sie rochen, fremd und verlockend, nach gefettetem Leder, aber wo war sein Gesicht? Die Mutter versteckte sich hinter Vaters Gestalt, hinter einem Behaglichkeit ausschwitzenden Körper, der das Kind von ihr trennte. Er war zu schwach, diesen Körper beiseitezuschieben. Man betrog ihn um seine Ansprüche. Und plötzlich war auch der Vater verschwunden. Vorher Poltern, Schritte treppauf, treppab, Klagerufe, nachher die unheimliche Stille. Verfügte er am Ende über die Macht, die Störenfriede wegzuwünschen? Er saß auf dem Ofen; Barbara, die Magd, bewachte jede seiner Bewegungen, und in der Küche, das wusste er, saß die Mutter am Tisch, stumm und tatenlos; seinen Trost wehrte sie ab. Wäre es nicht besser, dass die Welt jetzt unterginge?

Die Sonntage in Stans. Im Klosterhof standen die Mütter, die ihre Kinder besuchen wollten, zerlumpte, ausgehungerte Gestalten. Namen, die er kannte, schwirrten durch die Luft, zärtlich und fordernd. Die Kinder wandten sich von ihm ab; stürmische Wiedersehensszenen; Körper, die sich aneinanderklammerten. Seine Angst, das Errungene gänzlich zu verlieren. Er stand unter der Tür, im Schatten, und schaute hinaus. Kathrin, die keine Eltern mehr hatte, blieb in seiner Nähe; das tat ihm gut. Die übrigen Waisen zogen sich zurück in den hintern

Raum, oder sie begannen mit Absicht zu lärmen, tobten in ungeregelten Spielen durch den Hof, um die kleinen Familiengruppen zu stören oder auseinanderzutreiben. Die Mütter tasteten die Rippen ihrer Kinder ab, sie steckten ihre Finger durch Löcher in den Kleidern, sie reinigten mit ihrem Speichel verschmutzte Stellen. Hie und da näherte sich eine von ihnen Pestalozzi und überhäufte ihn mit Vorwürfen. Die Kinder weinten. Er versuchte sich zu rechtfertigen; aber seine Beredsamkeit ließ ihn im Stich; etwas Lähmendes und Zerstörerisches ging von diesen Müttern aus. Manchmal geriet er in Zorn; er schrie sie an; seine Stimme überschlug sich dabei: Was versteht ihr denn von meiner *Methode?* Nichts, nichts! Mit hocherhobenem Kopf verließen sie den Klosterbezirk, ihre Kinder, die sich nur wenig sträubten, nach sich ziehend. Pestalozzi, mit zusammengeschnürter Brust, ließ sie gewähren. Es war der Augenblick, in dem er Kathrins Nähe deutlich spürte, ohne dass er sie zu sehen brauchte. Jeden Sonntagabend fehlten ein paar Kinder. Die Zurückgebliebenen waren kaum zu bändigen; mit allen Mitteln forderten sie Pestalozzi heraus, zerrten an seinen Kleidern, versuchten ihn umzustoßen, und an manchen Sonntagabenden schlug er blindlings in diese Gesichter hinein, damit sie zumindest im Schmerz und im Schreien wieder menschliche Züge gewannen. Hinterher packte ihn die Reue, und er sorgte sich mit übertriebener Geschäftigkeit um jene, die sich seine Zuwendung mit Hustenanfällen oder Bauchweh erkaufen wollten.

Ein Sonntag im März; der Schnee begann zu schmelzen. Nachdem die Besucher gegangen waren, schlug Pestalozzi den Kindern vor, einen Spaziergang zu machen. Es war bald Abend; er hatte das Bedürfnis, sich müde zu laufen. Aber nur Kathrin und eine kleine Schar wollten ihn begleiten; die Mehrheit blieb unter der Obhut der Magd zurück. Sie durchquerten das Dorf. Er war froh, dessen stumme Feindseligkeit hinter sich zu wissen. Zwischen den halb zerstörten Häusern hindurch zu gehen, erfüllte ihn mit Bangigkeit. Dennoch die Hoffnung, auch jene, die jetzt verborgen blieben, eines Tages für sich zu gewinnen. Sich einnisten in den körperwarmen Schlupfwinkeln der Gemeinsamkeit. Das offene Land lag vor ihnen; er atmete freier. Der Himmel war zartblau. Weiß-braun gesprenkelte Felder, das Schmelzwasser schwemmte die Erde hervor aus winterlicher Starre. Alles schien zu zerfließen. Seine Stiefel versanken im Morast; die Kinder bespritzten sich gegenseitig mit Dreck; es war ihm gleichgültig. Sie lachten und schrien, rannten stolpernd hintereinander her; nach der quälenden Dumpfheit des Nachmittags schlug ihre Stimmung in Ausgelassenheit um. Die Sonne, die dunstig bleich über den Bergkämmen stand, schien ihm ins Gesicht, und obschon sie nur wenig Kraft besaß, spürte er ihre Wärme auf seiner Haut. Das ständige Frieren, nachts vor allem; die Kälte, die sich in ihn hineinschlich, die seinen Körper besetzte wie eine unsichtbare feindliche Armee, die Nächte, in denen er vergeblich gegen seine zunehmende Erstarrung kämpfte. Was noch lebte von seiner Sehnsucht, zog sich in solchen Stunden zu einem schmerzhaft glühenden Punkt über dem Bauchnabel zusammen; ein winziges Signal des Überlebens inmitten vereister Adern und Gefäße. Aber jetzt dringt das Blut allmählich wieder bis in seine Fingerspitzen. Neben ihm, zwei Schritte von ihm getrennt, geht Kathrin; er sieht's aus den Augenwinkeln. Trotz des schweren Bodens hat ihr Schritt etwas Beschwingtes, eine geschmeidige, fast tierhafte Lockerheit, an der er sich nicht sattsehen kann. Sie gehen einem Bord entlang, das mit Haselsträuchern bewachsen ist; die gelben Blütenzotteln zittern im leichten Wind. Kathrin trägt ihren braunen Rock mit der roten Samtbordüre; bei jedem ausgreifenden Schritt zeichnen sich ihre Schenkel unter dem dünnen Stoff ab. Die Gruppe der übrigen Kinder hat sich, dem Spiel hingegeben, von ihnen entfernt. Aus der Distanz gesehen, scheinen sich ihre

Gestalten ununterbrochen ineinander zu verknäueln und dann wieder, ohne ersichtlichen Grund, auseinanderzustreben. Er weiß, dass es seine Pflicht wäre, die Kinder zurückzuhalten; aber er schweigt. Er fühlt sich allein mit Kathrin; nur das zählt. Die spitzen Schreie der Kinder und ihr Lachen tönen an seine Ohren wie eine ferne Erinnerung an Aufruhr und Kampf. Es gibt den Frieden; es gibt ihn. Der Weg beginnt sich zu senken; laublose Apfelbäume säumen ihn; ihre Kronen fangen das schwindende Licht ein. Er nimmt Kathrins Hand; sie fühlt sich warm an. Kein Wort zwischen ihnen und dennoch eine Vertrautheit, die selbstverständlich ist wie der blasser werdende Himmel. Nach einer Biegung taucht der See vor ihnen auf; seine Fläche spannt sich zwischen den Bergen wie ein riesiges, sanft glänzendes Seidentuch, das der Wind in ständiger zitternder Unruhe hält. Pestalozzi erschrickt. Wo sind die Kinder? Schmutzig gelb zieht sich der Weg hin zwischen Buschreihen und schneegewässerten Wiesen. Alles leer und unbelebt. Er geht schneller; er beginnt zu rufen; er achtet nicht darauf, ob Kathrin ihm zu folgen vermag. Der Himmel verfinstert sich. Er ruft, in atemloser Anstrengung, die Namen, lauter Namen, zu denen keine Gesichter mehr passen wollen. Er rennt beinahe, versucht hinkend und rutschend, der Saugkraft des Bodens zu entrinnen;

er fällt auf seine Knie, schwächt den Fall mit den Handflächen ab, die tief in den nassen Grund einsinken. Er rappelt sich auf, dreckbeschmiert und erschöpft; seine Schritte verlangsamen sich. Die Hoffnung stirbt, es ist zu Ende. Da stürzen die Kinder mit Geschrei hinter einer Baumgruppe hervor und umzingeln ihn. Gelächter, gespielte Drohgebärden, Freudentanz der Wegelagerer. Sie haben ihm aufgelauert, um ihn zu erschrecken. Ins Leben, ins zerlumpte, gierige Kinderleben zurückgeschleudert werden. Er bricht in Tränen aus; mit hängenden Armen steht er da, geschüttelt von Gefühlen, deren Gewalt ihm unbegreiflich ist. Die Kinder verstummen, schauen sich ratlos an. Unauffällig tritt Kathrin zur Gruppe und mischt sich, ohne ein Wort zu sagen, unter die Kinder.

Die Fahrt nach Luzern. Er hatte Briefe bekommen, in denen es hieß, dass sein Werk verunglimpft und verleumdet werde. Die gewohnten Vorwürfe: Unordnung, Schmutz, Disziplinlosigkeit. Er beschloss, den Gegenbeweis anzutreten. Die Welt sollte staunen. Ich werde euch, sagte er zu den Kindern, der helvetischen Regierung vorführen, und sie wird sehen, dass meine *Methode* Wunder zu bewirken vermag. Er überredete ein paar Nonnen, ihm beim Waschen und Kämmen, beim abermaligen Entlausen der Kinder zu helfen. Die Reinigung begann am Vorabend und wurde in den frühen Morgenstunden fortgesetzt. Eisenzinken fuhren durch verfilztes Haar; Kleider wurden ausgeklopft und gebürstet, Flecken mit Wasser, Seife und Speichel entfernt. Die Größern betreuten, auf Pestalozzis Geheiß, die Kleinern. Rotgeschrubbte Kinderhaut; versteckte Püffe und Kniffe, ab und zu Schmerzensrufe. Pestalozzi, im neuen schwarzen Rock, mahnte hier zu größerer Ruhe, bückte sich dort, um Schuhbändel zu verknoten oder Kragen zuzuknöpfen. Er packte die Störrischen an den Schultern und schrie: Will's euch denn nicht in den Kopf, dass es heute um euer Glück geht?

Zwei Nonnen machten sich mit ihren Bürsten an ihm zu schaffen, umkreisten die Schulterblätter, rieben sich satt an Brustkorb und Bauch, bürsteten sich hinunter zu Schenkeln und Knien. Unwillig zuerst, dann mit wachsendem Behagen überließ Pestalozzi sich den striegelnden Berührungen. Die Nonnen stopften ihm das Halstuch ins Hemd, fältelten es zurecht.

Draußen war's kalt und dämmrig, ein lichtloser Aprilmorgen. Der halbstündige Marsch bis Stansstad. Pestalozzi trieb die Kinder vor sich her zur Ländte, wo das Schiff bereits wartete, ein gedrungener, dunkler Rumpf auf mattspiegelndem Wasser.

Er war allein mit den Kindern; er hatte es abgelehnt, sich vom Klostergeistlichen begleiten zu lassen. Sie betraten das Schiff über den schmalen Steg. Frierend drängten sich die Kinder aneinander; Pestalozzi, mitten unter ihnen stehend, spürte die Wärme, die von ihnen ausging. Die Knechte stakten sich mit langen Stangen dem Ufer entlang. Ein Segel wurde gesetzt; es knatterte erst und blähte sich dann im Morgenwind. Das Schiff gewann an Fahrt, glitt lautlos übers Wasser. Breitbeinig stand der Kapitän am Bug. Es wurde heller; doch der Himmel war verschleiert von feinem, perlmuttfarbenem Gewölk. Ab und zu sah man am Ufer ein Fuhrwerk, das gemächlich dahinholperte. Die Dörfer schienen noch im Schlaf zu liegen; aber aus den Kaminen stieg Rauch. Pestalozzi beschrieb in lockend-predigendem Ton das Verhalten, das er sich von den Kindern erwünschte. Viele hörten ihm nicht zu, dösten auf den Bänken vor sich hin. Es gab wenig Raum für Ungebärdigkeiten. Die Enge und die Angst vor dem Wasser zwang sie zum Stillsitzen; keines konnte entweichen. Er hatte sie für sich, ganz für sich. Die Gemeinschaft der Geretteten. Wir sind der Welt abhandengekommen. Nach einiger Zeit schwieg er. Auf allen Seiten stiegen die Berge in die Höhe, wie leicht könnte das Schiff an ihnen zerschellen.

Die Gespräche zwischen den Kindern nahmen

einen gedämpften Ton an; auch die Schiffer überlie-
ßen sich der Stille, dem unmerklichen Gleiten des
Schiffs, das sich, den leichten Wellen folgend, hob
und senkte, als ob es atmen würde, während über
ihren Köpfen das Segel in makelloser Rundung den
Wind auffing. Die Zeit verstrich so langsam und
gleichzeitig so schnell, dass er ihren Fortgang nicht
mehr wahrnahm. Ab und zu klagte ein Kind über
Durst; er redete ihm zu, ohne zu wissen, was er
sagte. Ein Junge versuchte, über Bord zu pissen,
benetzte jedoch das Deck. Man schimpfte ihn aus,
lachte ein wenig; gleich legte sich die Aufregung
wieder.

Nach zwei Stunden waren sie in Luzern; neben
Lastkähnen wurde das Schiff vertäut. Die Kinder
sprangen an Land, schlaftrunken ein paar; Pestalozzi und die Schiffsknechte hielten sie an Arm und
Ärmeln fest, damit sie den Steg nicht verfehlten. Es
war Markttag. Die Geräusche der Stadt empfingen
sie wie ein prasselnder Regen mit Johlen, Rumpeln,
Pfeifen, Summen; dazwischen dröhnten die Glocken
der Stiftskirche. Eine Holzbrücke; das dumpfe
Poltern vieler Schritte. Dann die Marktstände links
und rechts, kaufendes Volk. Die meisten Kinder waren noch nie in einer Stadt gewesen; sie fürchteten
sich; die Vielfalt der Dinge lockte sie an und ver-

wirrte sie. Fische in Körben, mit Schwänzen, die noch zuckten; rosa oder grünlich überhauchte Schuppenkleider, je nach Beleuchtung silbrig glitzernd oder stumpf glänzend; diese gebrochenen, schleimig überzogenen Augen, von denen sich der Blick nicht wenden ließ. Und all die Speckseiten, an Haken aufgespießt, fleischig rot durchzogen, von milchigem Fett umschlossen; die blutigen, rippenblanken Innenräume der geschlachteten Schweine; Schweinsköpfe, borstig rosa, mit albern aufgesperrtem Maul; Schweinsfüße; Blut- und Leberwürste, so prall, dass sie aus den Därmen zu platzen drohten, schlüpfrige Innereien auf blutbesudelten Laden. In umgestülpten Körben gackerten und flatterten Hühner, schnatterten Gänse, deren weiße Fettbäuche durch das Flechtwerk leuchteten. Pestalozzi ging steifbeinig voran; die Kinder folgten ihm. Wieder drängten sie sich aneinander, schüchtern diesmal, verwirrt; einige hatten sich bei den Händen gefasst. Der Zug erregte Aufsehen. Eine Schar Neugieriger, die ständig wuchs, schloss sich ihnen an. Manche deuteten flüsternd auf Pestalozzi. Sie erreichten das Rathaus, wo provisorisch die helvetische Regierung residierte. Stapfer, dem die Ankunft der Waisen gemeldet worden war, kam ihnen, die Haupttreppe herunter, mit ausgebreiteten Armen entgegen, gefolgt von Fischer, seinem Sekretär. Er umarmte Pestalozzi und wandte sich dann, angesichts des gaffenden Volkes, den Kindern zu, von denen er sich die niedlichsten herausgriff, um sie zu küssen oder ihnen väterlich übers Haar zu streichen. Pestalozzi stand ein wenig abseits, halb an eine Mauer gelehnt. Stapfer hielt auf einer der oberen Treppenstufen eine kleine Ansprache, in der er Pestalozzis Verdienste rühmte und jene der helvetischen Revolution, die alle fortschrittlichen Kräfte im Lande in ihre Dienste einzuspannen wisse. Dann führte er die Besucher durchs halboffene Portal in die Eingangshalle, wo ein paar lange, gedeckte Tische bereitstanden. Das Volk blieb draußen; zwei Diener schlossen das Portal. In der Halle war's dämmrig; mächtige Eichenbalken trugen die Decke. Die Diener zündeten Kerzen an; auf den Tischen standen Gläser und Krüge. Als ob es ihnen jemand befohlen hätte, stellten sich die Kinder den Wänden entlang auf, eines neben dem andern und dennoch in verlegener Unordnung. Durch eine Seitentür traten weitere Leute in die Halle, elegant gekleidet; es waren Minister, Abgeordnete, Luzerner Honoratioren, zwei, drei Frauen in festlichem Weiß. Sie begrüßten Pestalozzi mit überschwenglichen Worten, winkten den Kindern zu. Die Kerzen tauchten die Halle in ein unruhiges Licht. Pestalozzis Hände glühten; die Berührungen mit andern Händen begannen ihn zu schmerzen.

Er redete ununterbrochen und wunderte sich, dass die Wörter, kaum hatte er sie entlassen, hart und schwer wie Kieselsteine zu Boden fielen; nur er allein erkannte, zwanghaft weitersprechend, die Widersinnigkeit seines Sprechens. Die Gesichter, die an ihm vorüberzogen, verschwammen zur Unkenntlichkeit; er redete zu Gesichtslosen; er beharrte, obschon ihm niemand widersprach, auf der Richtigkeit seiner *Methode;* aber er wusste nicht, wen er eigentlich überzeugen wollte, die näherrückenden Wände oder seine lächelnden Gastgeber.

Man forderte die Kinder auf, an die Tische zu treten und das vorbereitete Mahl zu verzehren. Sie gehorchten; sie tranken mit Wasser vermischten Wein; sie aßen Brot und Käse. Man prostete Pestalozzi zu; er drehte sich nickend rundum, einmal, zweimal, bis ihn ein leichter Schwindel packte. Sie haben, verehrter Pestalozzi, ein pädagogisches Wunder zustande gebracht. Europa staunt über Ihre Tatkraft.

Kathrin und Regula, die beiden Ältesten, rezitierten ein Dank- und Bittgedicht; sie trugen es in leierndem Ton, doch taktmäßig vor; sie knicksten vor Stapfer, vor Rengger und den andern Herren. Man griff ihnen unters Kinn, tätschelte ihre Schultern. Andere führten, von Beifall begleitet, ein paar Silbenübungen vor und hasteten im Chor durchs ABC.

Gewiss doch, wir sehen es: sauber gewaschen, sauber gekleidet und dazu gründlich instruiert; ein leuchtendes Beispiel Ihrer Aufopferung, Pestalozzi; alle Vorwürfe widerlegt, sämtliche böswilligen Gerüchte zerstreut. Man goss Wein in sein Glas; er trank. Aber die Wurzeln, sagte er, die Wurzeln der Bildung, die Wurzeln der Revolution: Ihr krempelt die Verhältnisse um, ohne die Wurzeln zu erneuern. Was geschieht? Die Beherrschten werden zu Herrschern; das Übel der Ungleichheit rottet ihr nicht aus. Antworten im Plauderton: Wir tun das Mögliche, Schritt für Schritt. Notwendige Kompromisse zwischen Utopie und Realität. Pestalozzi ließ sein Glas fallen; es zersprang auf den Fliesen. Für einen Augenblick stockte das Gespräch; auch die Kinder hielten erschrocken im Kauen inne. Die Diener wischten den Wein auf, lasen die Scherben zusammen. Man gab Pestalozzi ein neues Glas. Er schüttelte den Kopf: Aber die Leiden des Volks … Das Volk? Wer ist das Volk? Wir alle sind das Volk, haben teil an seiner Macht oder verwalten sie in revolutionärer Treue und Verantwortung.

Die Kinder wurden unruhig; die kleinern klagten über Müdigkeit und Langeweile. Bevor sie die Halle verließen, erhielt jedes eine frischgeprägte Silbermünze. Eine Dame ging mit einem Korb, dessen Inhalt im Kerzenlicht funkelte, zwischen den Tischen hindurch; die Kinder griffen erst zögernd, dann gierig hinein, verglichen ihre Beutestücke untereinander, bissen auf die Münzen. Pestalozzi murmelte einen Dank; ihm selber wurde eine Ehrenkette der Stadt Luzern um den Hals gehängt; ihr Gewicht war ihm unangenehm. Wortreicher Abschied, von Beteuerungen und Geldversprechen begleitet. Draußen die plötzliche Helligkeit, starke Farben; der Himmel über den Dächern indessen weißlich ausgelaugt. Die wartende Menge hatte sich vergrößert. Auf den meisten Gesichtern Neugier, auf wenigen Argwohn oder Gleichgültigkeit. Man applaudierte, als Pestalozzi erschien; vereinzelte Hochrufe, in die zögernd eingestimmt wurde. Fischer, der Sekretär, der den Zug begleitete, bat darum, den Weg freizugeben. Pestalozzi, gefolgt von den Kindern, ging durch eine Gasse aus Menschen, aus durchdringend riechenden Leibern. Hände streckten sich ihm entgegen; wahllos ergriff er sie, ließ sie wieder fahren, als ob die plötzlichen Berührungen ihn versengt hätten. Wäscherinnenhände, Gesellenhände, Bettlerhände. Ihre Gesichter sehr nah, faulende Zähne, Zwiebelgeruch. Ein Bettler, zwergwüchsig und verkrüppelt, drängte sich dicht an Pestalozzi heran. Er deutete aufs Rathaus: Habt Ihr alles Brot gefressen, großer Menschenfreund?, fragte er mit unnatürlich hoher Stimme.

Fischer stieß ihn weg. Pestalozzi schwankte; diese zappelnde, gierige Unruhe ringsum. Sie lieben mich; aber sie verlangen zu viel von mir. Die Speisung der fünftausend; keiner, der mir die Macht dazu verleiht. Er versuchte zu lächeln; ein Mädchen mit aufgestecktem, weizenblondem Haar küsste inbrünstig seine Hand. Die Haut begann sich an dieser Stelle zu spannen; sie schien ihm einen Moment lang durchsichtig zu werden und den Blick preiszugeben in sein Inneres.

Marktfrauen, die ihre Stände abräumten, schenkten den Kindern allerlei Essbares, überwinterte Äpfel, zerbrochenes Gebäck, ein paar Handvoll Haselnüsse; sie kniffen sie in die Wangen, streichelten die frischgewaschenen Köpfe. Die Ältern versuchten, solchen Mitleidsbeteuerungen zu entgehen, indem sie ihre Schritte beschleunigten und die langsamern ungeduldig vorwärtsstießen.

Als sie das Schiff erreichten, begann es ganz leicht zu regnen. Pestalozzi spürte einzelne Tropfen auf seiner Stirn, schockartig wirkende Kältepunkte; aber die Kühlung tat ihm gut. Fischer, der nicht von seiner Seite gewichen war, verabschiedete sich; er hatte ihm unterwegs mehrfach zu verstehen gegeben, dass auch er seine *Methode*, ihres gesicherten Erfolges wegen, für bahnbrechend halte. Unter den Kindern hatte sich ein Streit über die gerechte Verteilung der

Geschenke erhoben. Pestalozzi versuchte zu schlichten, drohte schließlich, ohne die Streithähne wegzufahren. Da gehorchten sie und betraten schweigend, aber mit missmutigen Mienen das Schiff. Man winkte ihnen zu, als die Knechte vom Land abstießen. Es regnete stärker. Bald sahen sie die Stadt nur noch undeutlich und dunkel wie auf einem schlecht gefirnissten Gemälde. Pestalozzi lehnte sich ans Geländer, und während er wahrnahm, wie die graugrüne Wasserfläche unter ihm wegglitt, betrachtete er gleichzeitig die Kinder, die ihre Kittel über den Kopf gezogen hatten, um sich vor dem Regen zu schützen. Es gab Gruppen, in denen heftig diskutiert wurde. Er bemühte sich hinzuhören; aber er verstand nur Satzfetzen. Er sah, dass manche heimlich in ihren Apfel oder ihren Brezelrest bissen und von andern, mit ebenso heimlichen Püffen, daran gehindert wurden. Durch ein Dutzend oder mehr Leiber von ihm getrennt, stand Kathrin in der Nähe des Großmastes. In der verschobenen Perspektive sah das Segel so aus, als sei es, wie ein gewaltiger Flügel, ihrem Rücken entsprossen, und es hätte ihn nicht gewundert, wenn sie davongeflogen wäre, auf- und niederschwebend, traumhaft unerreichbar. Er tastete nach der Ehrenkette, er fühlte die Kälte des Metalls an seinen Fingerspitzen, und plötzlich begann er zu lachen, so heftig und ungebärdig, dass er davon selbst am meisten überrascht wurde. Es war ein Anfall grausamer Lustigkeit, der ihn minutenlang schüttelte, ohne dass er sich ernsthaft zu wehren vermochte. Er lachte sich, wiehernd und meckernd, die Tonleiter hinauf und hinunter; seine Stimme überschlug sich, setzte, glucksend und stotternd, zu neuem Lachen an, das in hinausgeschrienen Lachkaskaden endete, in Lachsalven, vor denen die kleinern Kinder sich angstvoll duckten. Er presste, weiterlachend, die Hände auf die schmerzende Bauchdecke; er beschwor mit Gebärden die Kinder, nicht auf ihn zu achten; er unterwarf sich seinem Lachen wie einer Züchtigung, und erst Atemnot und Erschöpfung ließen ihn allmählich verstummen.

Der Wind blies und rüttelte am Fichtengeäst. Das Land zu seinen Füßen lag in rasch wechselndem Licht; grell herausgehobene Hügelformationen sanken im nächsten Augenblick zurück ins Unbestimmt-Trübe. Gegen fünf war er im Kurhaus, merkwürdig erfrischt und voller Vorsätze.

In der Nacht legte sich der Wind. Die nächsten Tage waren wolkenlos, sehr heiß. Pestalozzi mied tagsüber das Bett. Morgens unterrichtete er während einer halben Stunde das Zimmermädchen, das sich allerdings nicht besonders lernbegierig zeigte und froh war, wenn es Pestalozzi durch allerlei spaßhafte Bemerkungen ablenken konnte. Dennoch fertigte er für Mädi Buchstaben- und Silbentäfelchen an, sorgsam beschriftete Quadrate, deren Anordnung und logische Aufeinanderfolge, wie er Zehender gegenüber betonte, seine *Methode* widerspiegeln sollten. Er forderte Mädi auf, sich neben ihn zu setzen und die Täfelchen, seiner Anleitung gemäß, zu entziffern; er bewegte sie dazu, ihm taktmäßig nachzusprechen; manchmal drückte er seinen Oberschenkel sehr sanft gegen ihren, und jetzt, in der Anstrengung des Lernens, zog sie ihn nicht mehr zurück. Nachmittags wanderte er, selbst bei drückender Hitze, hinauf zu seiner Tanne. Er lagerte sich in ihren Schatten und hing seinen Gedanken nach. Sobald er den Pavillonhügel hinter sich gelassen hatte, begegnete er kaum noch einem Menschen. Das Land lag gleichbleibend farblos unter einem hellen Himmel. Einzig das starke Rot der Steinnelken, die in der Nähe büschelweise blühten, schien diesem Licht standzuhalten. Doch wenn er sich auf den Rücken legte, sah er, dass die Nadeläste dieses Licht hundertfach zu brechen und zu verwandeln vermochten: goldene Tupfen, smaragdgrüne Schattierungen, blendende Einstürze, unterbrochen von Schattenbezirken; darin meist ein leichtes Wiegen, ein Flirren der Formen und Farben, unmerkliche Verschie-

bungen im lichtdurchzitterten Gesichtsfeld. Schaukelerinnerungen: dieser Angstgeschmack von Abenteuer und Mut, wenn das Kind seine Füße astwärts
fliegen sah. Er vertiefte sich in die Eigenarten des
Astwuchses; er versuchte, in der Anordnung der
Äste, in der Art und Weise, wie sie sich gegen oben
verjüngten, eine Gesetzmäßigkeit zu erkennen; aber
er fand keine. Obgleich ihm der Baum als Ganzes
vollkommen erschien, entdeckte er Verkrüppelungen, verdorrte Äste, Auswüchse mit tropfenförmig
getrocknetem Harz. Dass Vollkommenheit offenkundig Hässliches und Unansehnliches enthielt, erfüllte ihn mit melancholischer Genugtuung. Er sah
Schmetterlingen zu, ihren unberechenbaren Flatter- und Gaukelflügen; aufblitzende Sommerfarben,
sattes Braun und warmes Gelb, kurzlebiger Triumph
des Ornaments; ein Lidzucken, vorbei und erloschen. Gewaltig und dauerhaft indessen der dunstige Himmel.

Sobald es, bei beginnender Dämmerung, ein wenig
kühler wurde, ging er zurück. Er aß abends selten
etwas, trank aber, entgegen Zehenders Empfehlung,
lauwarme Milch aus einem Krug, den ihm Mädi bereitgestellt hatte. Nach wie vor weigerte er sich, am
Essen im Speisesaal teilzunehmen. Wo es anging,
wich er den Gästen aus. Zehenders Einladung zum

Schlummertrunk lehnte er meistens ab. Er saß am weitgeöffneten Fenster; die Gerüche der Nacht ließen ihn tiefer atmen. Die Dunkelheit hatte, da sie nicht undurchdringlich war, etwas Freundliches und Bergendes; sie schien den Überfluss des Tageslichts gespeichert zu haben und ihn nach und nach wieder abzugeben. Die Sterne waren kaum zu erkennen, schwach funkelnde Punkte hie und da; später dann die Mondsichel über dem Wald, umgeben von einer zerfließenden Zone nebelhafter Helligkeit. Im Saal wurde Tanzmusik gespielt; wenn Fenster oder Türen geöffnet waren, vernahm er mit Lachen vermischte Tonfolgen, Melodienfragmente ohne Zusammenhang. Dennoch brachten sie etwas in ihm ins Schwingen, Sehnsucht vielleicht, eine Ahnung von Glück. Sie gehörten zur Nacht, zur tröstlichen Dunkelheit, zu seinem schwerelosen, gedankenleeren Zustand. Er fühlte auf seinem Gesicht die Kühle des Nachtwinds und in sich eine fast träge Zufriedenheit, von der er wusste, wie verletzlich sie war.

Im Bett erinnerte er sich an die Sommernächte im Höngger Pfarrhaus. Manchmal glaubte er, den Großvater im Nebenzimmer rumoren zu hören. Aber wo waren die Schwestern, die Mutter? Ertönte nicht auch, aus der Ferne, das trostlose Kindergeschrei? Plötzlich dann dieses Gefühl der Schwüle, des Erstickenmüssens. Schweißausbrüche, Klebrigkeit und Ekel. Nein, Anna. Er warf die Decke von sich ab. Das Verlangen nach einem andern Körper überfiel ihn. Mädi und Kathrin verschmolzen zu einem einzigen weißhäutigen, weichen Wesen, zu einer dienstbaren Kindfrau, in die er sich in ungestilltem Hunger hineingrub.

An einem solchen Abend, noch bevor er sich ins Bett legte, entschloss er sich, endlich die Briefe zu öffnen, die sich auf dem Schreibtisch stapelten. Bisher war er zu müde oder zu gleichgültig gewesen. Er brach das Siegel, riss die Umschläge auf, entfaltete die Bögen, hielt sie ans Licht. Es waren Zürcher Freunde, darunter Gessner, die ihm schrieben, aufmunternde Zeilen, deren Floskelhaftigkeit ihn kaltließ; dann Fellenberg, der ihm baldige Genesung wünschte; ein Dankschreiben der helvetischen Regierung, in kühn geschwungener Kalligraphie, von drei Ministern unterzeichnet, weiter ein paar flüchtig hingeworfene Zeilen der verehrten Franziska von Hallwil, der Brief eines dänischen Philosophen, der sich nach den Grundsätzen der *Methode* erkundigte, beinahe zuunterst zwei Briefe Annas. Er zögerte, sie zu öffnen; er hoffte, sie würde über Jacques berichten, über die Wirkung der lombardischen Heiltränke und über die Fortschritte des Enkels Gottlieb. Er las mit wachsendem Unbehagen: Wir Alleingelassenen. Gerade das Notdürftigste zum Leben. Jacques' Unrast, darin ähnelt er dir. Doch hat das Leben uns nicht gelehrt, auf die Zähne zu beißen?

Er sah Annas grämlich zerfurchtes Gesicht vor sich. Wieder dieser Hass, der sich nicht zurückdrängen ließ, ein Gefühl, das wie ein Schauer über seine Haut lief; zugleich der plötzliche Verdacht, alles Vergangene und Zukünftige, das er jemals unternommen habe und unternehmen werde, sei sinnlos und ohne Bestand vor Annas skeptischer Miene, vor Annas heimlich stichelnden Vorwürfen und Anschuldigungen. Und so hoffen wir alle sehnsüchtig auf deine baldige Rückkehr und deine tatkräftige Hilfe bei der Verbesserung unseres augenblicklichen Zustands. Nein, Anna. Und doch. Schuldentilgung. Lebenslängliche Schulden. Die Betrügereien des Metzgers Märki, als ich das Birrfeld zusammenkaufte. Du hast mich immer gewarnt, Anna. Was kann ich dir, außer meiner *Methode,* entgegensetzen? Du Zuckerbäckerstochter. Diese Lektionen der Selbstverachtung. Ich habe mich ja bemüht. Die Anläufe zur Wiedergutmachung, mein wachsender Ruhm. Ist das nichts? Brot, was liegt am Brot? Ich habe gehungert, und ich lebe noch. Ich habe mir immer wieder meine Würde zurückerobert. Es ist unrecht, mich zu verstoßen, Anna. Es treibt mich unablässig weiter, ich weiß. Aber ich gebe mich nicht auf.

In seinen Därmen rumpelte es; Blähungen, Stechen, Krämpfe: Geschehnisse, die sich seinem Willen entzogen. Er legte sich in den Kleidern aufs Bett und versuchte zu schlafen. Du hast den mühsam errungenen Frieden weggeblasen, Anna. Aber ich gebe mich nicht auf, ich gehöre dem Leben; keine Versteinerung mehr. Ja, ich zahle den Preis dafür, ich ertrage die Schmerzen, die das Blut durch meinen Körper spült. Er presste die flachen Hände auf seinen Bauch; er spürte die Zuckungen, roch seine Ausdünstung.

Die Mägde im Pfarrhaus hatten ihm Melissentee gegeben, wenn er nicht einschlafen konnte. Die Hände an den heißen Becher legen; Dampf steigt aus der rötlichen Flüssigkeit. Er schlürft; man deckt ihn zu, schüttelt das Kissen zurecht; sanfte Berührungen, noch einmal das Nachtgebet.

Er stand auf, suchte nach den Schuhen, schlüpfte hinein. Er tappte durch den finsteren Gang, stieß mit ausgestreckten Händen an Wände und Kanten, fand schließlich die Treppe. Er wusste dank Zehenders Beschreibung, wo die Küche lag. Durch die erleuchteten Fenster fiel spärliche Helligkeit. Er ging über den Kies, der Fassade entlang. Eine Nebenpforte stand halb offen; aus der Öffnung drang sehr schwaches Licht; er hörte Frauenstimmen. Ein enger Flur, ausgetretene Sandsteinstufen. Ihm schien, er steige in die Unterwelt hinab. Wieder eine Tür, nur angelehnt. Er betrat voller Verlangen den Raum.

Im Kamin brannte ein Feuer, daneben stand ein doppeltüriger Herd. Auf Gestellen, auf zwei Tischen, an den Wänden und auf dem Boden: überall Kessel, Pfannen, Töpfe, hölzerne und kupferne Kellen, Messer mit glänzenden Schneiden. Es roch nach Kartoffeln, nach Majoran, nach Rauch, ein wenig auch nach Fäulnis und feuchter Käserinde. Ein Käselaib, in ein Tuch eingeschlagen, lehnte am Abwaschtrog. Eier in Körben, der matte Glanz ihrer Schalen; angeschnittenes Brot; Gläser, gefüllt mit getrockneten Kräutern und Pilzen, das unruhige Licht widerspiegelnd. Und Kartoffeln, gekochte Kartoffeln in Schüsseln, ein Berg geschälter Kartoffeln auf dem Tisch. Am Feuer saßen zwei Frauen, eine alte und eine junge; sie schälten Kartoffeln: spiralenförmig gewundene Schalen glitten von den Messern in einen Korb, und die nackten gelben Knollen plumpsten in eine wassergefüllte Schüssel. Über dem Feuer hing, an einer Eisenkette, ein mächtiger Kessel, dem die Flammen entlangleckten. Die beiden Frauen hielten mit ihrer Arbeit inne; sie schauten ihn fragend an. Die Ältere, mit hagerem Gesicht und wei-

146

ßem Haar, saß auf einem Stuhl; in der Schürzen-
mulde zwischen ihren Schenkeln lagen ein paar Kartoffeln. Die Jüngere kauerte ihr zu Füßen auf einem
Schemel; ihr Gesicht wirkte trotz der Glut, der es
halb zugewandt war, bleich, etwas aufgeschwemmt.
Sie war nur leicht gekleidet; was sie trug, konnte ein
Unterhemd sein oder ein dünnes Sommerkleid. Unter den Trägern sah er ihre nackten Schultern und
dort, wo der Ausschnitt sich bauschte, den Ansatz
der Brüste. Erst jetzt wurde ihm bewusst, wie heiß
es hier war, eine Hitze ohne Grausamkeit, ohne
Fiebrigkeit, freundliche, nährende Küchen- und
Ofenhitze; dennoch brach ihm der Schweiß aus
allen Poren. Er machte zwei, drei Schritte auf die
Frauen zu. Gelassen schauten sie ihn an. Es war ein
fremdes Reich, in das er eindrang, eine würzig rie-
chende, geborgenheitsverheißende Höhlenwelt, aus
der ihn seine Herkunft längst vertrieben hatte.

Ich möchte Tee, sagte er, Melissentee.

Die Alte lachte; ihr Lachen klang anmutig und
warm. Melissentee? Seid Ihr krank?

Ich kann nicht schlafen, sagte er.

Man sieht's Euch an, aber wir haben keine Me-
lisse. Kräutertee haben wir, eine Mischung aus Huf-
lattich, Salbei und Thymian. Ist gut gegen Husten
und Erkältungen. Aber wir müssten zuerst Feuer
machen im Herd und Wasser aufsetzen.

Er schüttelte den Kopf und deutete auf den Kessel. Was kocht Ihr hier?

Kartoffelsuppe für morgen.

Und Ihr kocht sie schon jetzt?

Vorarbeit, mein Herr. Morgen brauchen wir sie nur noch aufzuwärmen. Morgen müssen wir die Hände freihaben für die Fleischgerichte. Die Herrschaften sind anspruchsvoll.

Arbeitet Ihr immer so spät?

Wir sind fünf, wir lösen einander ab. Es gibt zu tun, mein Herr, wir sollten draußen am Brunnen noch die Teller abwaschen und sie mit Sand ausreiben, und um halb sechs stehen wir schon wieder am Herd. Sie gab der Jüngern einen Wink; die stand auf und rührte mit der Kelle im Kessel. Zerdrück die Erdäpfelreste, sagte die Alte, die Suppe soll sämig werden, sämig und glatt. Sie wandte sich an Pestalozzi. Wir haben die zerdrückten Erdäpfel mit Fleischbrühe aufgegossen, wir haben gelbe Rüben und Lauch hineingeschnitten, Salz, Pfeffer, Lorbeer und Majoran dazugegeben, wir haben gerührt und immer wieder gerührt, und zuletzt werden wir die Suppe mit etwas fetter Milch verfeinern. Wollt Ihr nicht davon kosten? Ein Teller voll schadet Euch nicht bei Eurer Statur. Und Ihr werdet staunen, wie gut Ihr danach schlafen könnt, es wird Euch warm und behaglich sein, innen und außen.

Er schwieg, spürte aber, dass er lächelte. Die Alte hieß das Mädchen, Stuhl, Teller und Löffel für den Gast zu holen. Sie gehorchte mit eigentümlich trägen, schleppenden Bewegungen. Er setzte sich, trotz der Hitze, nahe ans Feuer. Sein Schatten geisterte über die gegenüberliegende pfannenbehangene Wand. Die Alte schöpfte Suppe in einen bauchigen Teller. Verbrennt Euch nicht den Mund, sagte sie. Er nahm den Teller auf die Knie, die er ängstlich zusammendrückte, und begann zu löffeln. Grüngelb milchige, eingedickte Flüssigkeit, der Löffel zog Furchen hinein, die sich sogleich wieder einebneten; würzig-warme Labsal im Mund. Wenn er den Löffel zum Mund führte und sachte dagegenblies, tropfte Suppe auf Hemd und Hose; er wischte ab und zu mit der Hand darüber.

Die beiden Frauen sahen ihm schweigend zu. Er schluckte, die Suppenwärme besänftigte den rebellischen Magen. Das Feuer knisterte; manchmal entwichen mit trockenem Knall die erhitzten Gase aus einem Scheit; sprühten Funken bis zu ihm hin.

Als ich jung war, sagte die Alte, da kannten wir die Erdäpfel noch nicht. Wir haben in langen Wintern gehungert, die Hirse ging uns aus, das Mehl war zu teuer. Seither ist das Zeitalter der Erdäpfel angebrochen, ein Segen für die Armen. Seltsam, dass Gott das Kostbarste in der Erde verbirgt.

Wenn nur alle so dächten, rief Pestalozzi, aber den Bauern muss man das Neue mit Gewalt in den Kopf hämmern. Noch ist das Misstrauen nicht ausgerottet, noch liegt zu viel fruchtbarer Boden brach. Aber wisst Ihr, woran es liegt? An der mangelnden Bildung! Sie ist die hauptsächliche Quelle von Stumpfheit und Selbstverderbnis in unserem Land. Glaubt mir, nicht die Revolution, erst meine *Methode* wird die Verhältnisse wahrhaft ändern. Die Dichter müssten das Loblied der Kartoffel singen, die Gelehrten ihre Vorzüge beschreiben. Oh menschenfreundliches, nährendes Knollengewächs, erfreut sich nicht das Auge an deinen Blüten, dem üppigen Blätterwuchs? Belohnst du nicht den Tüchtigen, der sich zu deinen Wurzeln gräbt, mit reicher Ernte? Er stockte, nachdem er mit einer weitausholenden Gebärde beinahe den Teller von den Knien gefegt hätte. So etwa, fuhr er fort, müssten die Dichter schreiben. Leider ist mir die Gabe der Dichtkunst versagt. Aber ein solches Loblied, verbunden mit Anleitungen und Rezepten, müsste auf Flugblättern unters Volk gebracht werden, und meine *Methode,* öffentlich eingeführt, würde jedermann befähigen, buchstabierend das wahre Verständnis zu gewinnen, der Kartoffelanbau würde sich ausbreiten, die Erträge nähmen zu, der ärgste Hunger bei den Armen schwände, und die neugewonnenen Kräfte würden sie instand setzen, ihre Rechte mit List, Sanftmut und Hartnäckigkeit zu verteidigen. Er brach ab, erschöpft vom langen Atem, den seine stoßweise hervorgebrachten Sätze benötigt hatten. Das Mädchen – war es wirklich eines? – schaute ihm mit finster zusammengezogenen Augenbrauen ins Gesicht.

Ihr habt Euch ereifert, lieber Herr, sagte die Alte, die Suppe wird kalt.

Hastig, als hätte man ihn ertappt, griff Pestalozzi nach dem Löffel.

Erlaubt mir eine Frage, sagte das Mädchen mit heiserer, männlich anmutender Stimme. Wie soll einer, der keinen Fußbreit Erde besitzt, Kartoffeln anpflanzen, selbst wenn er gebildet ist?

Pestalozzi, hinunterschluckend, fuhr auf. Du hast recht, sagte er, und gleichzeitig verstehst du mich falsch. Die allseitige Bildung zeigt ihm als Erstes die Wege, trotz seiner Armut ein ganzer und unversehrter Mensch zu werden, und als Zweites wird er versuchen, der Gerechtigkeit zum Sieg zu verhelfen, nicht blind anrennend also, sondern in gereifter Überlegung. Hier müssen ihm die Bevorrechteten kraft ihres höheren Bewusstseinsgrades zu Hilfe kommen. Ich habe den Vorschlag gemacht, dass die Allmenden zu verteilen und die Reichen gemäß ihren Einkünften zu besteuern seien.

Und wenn die Reichen sich sträuben, wie sie's immer tun? Man sagt, die Franzosen hätten uns die Freiheit gebracht, und deshalb gehe es uns besser. Ich merke aber nichts davon.

Ach Gott, drücke ich mich so missverständlich aus? Das Bessergehen ist nicht bloß die Folge einer gleichmäßigen Verteilung der äußern Güter, das Bessergehen erwächst aus jener Bildung, die dem Menschen die Würde der Ganzheit verleiht, so dass er atmet, fühlt und handelt als einer, durch den kein Riss geht, als ein Ungebrochener und Ungespaltener, als einer, der sich in der Entfaltung all seiner Fähigkeiten selber gefunden hat.

Ich verstehe Euch nicht, sagte das Mädchen mit plötzlicher Kälte. Pestalozzi schwieg. Die Alte legte Scheiter nach; Funkengarben schossen auf, Flammen züngelten zum Kessel; ihr Gesicht zeigte sich in heller, unruhiger Beleuchtung. Plötzlich begann ein Säugling zu wimmern. Pestalozzi fuhr zusammen; es klang nahe, ungedämpft.

Rosalia, sagte die Alte, das Kind. In einer Ecke stand ein Korb, den Pestalozzi bisher nicht beachtet hatte. Ohne Widerrede schlurfte das Mädchen dorthin und hob, mit überraschend zärtlicher Gebärde, den Säugling aus dem Korb. Er hat Hunger, sagte sie. Der Säugling war in weißes Linnen gewickelt; er sah, in ihren Armen, unförmig, ja bedrohlich aus; er schrie mit kläglich verzerrter Miene. Sie trug ihn zu ihrem alten Platz, setzte sich, schlüpfte aus dem Träger ihres Rocks und gab dem Kind die Brust. Sogleich begann es zu trinken. Rosalia: der Name klang in Pestalozzi nach; er erinnerte sich an die Unterredung mit Zehender. Schläft dein Kind immer hier?, fragte er.

Hier oder nebenan.

Nebenan? Was heißt das?

In der Vorratskammer. Dort schlafe auch ich.

Warum denn? Ist's dort nicht finster und feucht?

Ich musste die Kammer räumen, ein Gast hat sich beschwert, weil das Kind zu viel schrie.

Pestalozzi richtete sich auf, als ob er etwas sagen wollte, erschlaffte aber und löffelte wortlos die Suppe aus. Das Kind trank. Aus den Augenwinkeln sah er hin. Beflaumter Hinterkopf; das eine Händchen zur Faust geballt, rund um den Leib der nackte Arm der Mutter, der das Kind an ihren Körper drückte, an die rötlich glänzende Brust.

Ist dein Kind getauft?

Noch nicht.

Weißt du, wer der Vater ist?

Ich verfluche ihn.

Rosalia, sagte die Alte, versündige dich nicht.

Hast du schon einen Paten gefunden?, fragte er dringlich.

Sie schwieg. Das Kind hatte zu trinken aufgehört; sie wiegte es leicht hin und her.

Wenn du keinen findest, dann frage mich. Ich verspreche dir, die Patenpflichten ernst zu nehmen. Er verhaspelte sich, vermochte den Satz erst beim zweiten Anlauf zu Ende zu führen.

Ihr seid Gast hier, sagte Rosalia. Ihr gehört nicht zu unsereinem.

Ihr unterschätzt meine Möglichkeiten, widersprach er mit aufgeregt erhobener Stimme, man kennt mich, ich kann viel für dich tun.

Ihr braucht nichts für mich zu tun. Ich habe gelernt, für mich selber zu sorgen.

Rosalia, sagte die Alte, der Herr meint's gut, du darfst ihn nicht verärgern.

Doch, sagte sie, ich mag es nicht leiden, wenn man mir Güte aufnötigen will.

Pestalozzi legte Teller und Löffel beiseite und stand auf. Ich sehe, sagte er, ich bin hier unerwünscht.

Die Alte griff nach einer Kartoffel; das Messer grub sich in die Schale, die sich unter der Schneide hervorringelte wie ein kunstvoll gewundenes Ornament. Rosalia sah ihn unverwandt an. Die unvermeidliche Verstoßung. Kein Mitleid, wo so viel Wärme wäre. Ich danke für die Suppe, sagte er mit erstickter Stimme.

Ist schon gut, sagte die Alte und lächelte. Der Feuerschein tanzte über die beiden Frauen. Rosalia drehte Pestalozzi halb den Rücken zu; das Kind war mit der Mutter zu einer einzigen Gestalt verschmolzen. Er tappte zur Tür. Ich danke, ich danke, flüsterte er.

Er ging hinaus; die Finsternis überfiel ihn. Er tastete sich die Stufen hinauf, gelangte ins Freie, wo er sogleich heftig zu frieren begann. Er wunderte sich, dass die Tränen, die ihm übers Gesicht liefen, nicht zu Eis erstarrten. Der Kies knirschte unter seinen Füßen. Der Mauer entlang, immer der Mauer entlang. Seine Hände strichen über rauhen Verputz. Ein Geländer, kühl anzufassen, drei Stufen, Holz, es war die Tür, es war die Rettung. Er trat ein. Von jetzt an kannte er sich besser aus, obgleich ihn die Dunkelheit immer noch gefangen hielt. Er fand sein Zimmer. Die beiden Kerzen, die er angezündet hatte, um die Briefe zu lesen, waren beinahe niedergebrannt. Er warf sich in Kleidern und Schuhen aufs Bett; er zog die Decke über sich. Alles Leben hatte sich zurückgezogen in den schmerzenden Magen. Im Halbschlaf wanderte er durch Höhlen, deren Wände mit blutigen Fellen bespannt waren. Er trug in der Hand ein geschlachtetes und gehäutetes Kaninchen, das er Rosalia bringen wollte. Er wusste, dass er ihr dieses Opfer schuldig war. Die Schmerzen nahmen zu. Magensäure stieß ihm auf. Er wehrte sich gegen den peinigenden Brechreiz. Erbrechen müssen, welche Demütigung; der Körper knechtet den Geist. Er setzte sich auf, stieß sich vom Bett ab, die Wände wankten. Unendlich mühselig die Strecke durch den Gang bis zum Abtritt; mit knapper Not ließ sich die Rebellion der Eingeweide noch bändigen. Mutter. Er kniete sich, halb fallend, hin, beugte sich übers Loch, das er mit den Händen ertastete. Fäkaliengestank. Der Magen drehte sich um; endlich, stoßweise, das Würgen, die Explosion des Ekels. Mutter, ich brauche dich. Saure Flüssigkeit quoll aus seinem Mund, drang ätzend durch die Nasengänge. Er hustete und spuckte. Die Bitterkeit der Galle. Du hast dich immer entzogen, ich habe dich nie erreicht. Der leere Magen krampfte sich zusammen, als wolle er sich selbst noch dieser Leere entledigen. Er schleppte sich zum Zimmer zurück. Er wusch sich sorgfältig Hände und Gesicht. Die Reinheit des Wassers. Muss ich nicht neu beginnen? Er trocknete sich ab. Allmählich wich die Kälte in ihm; er fühlte sich, trotz seiner Schwäche, ein wenig besser, schmerzhaft nach außen gestülpt zwar, aber ganz, gleichsam wieder zusammengefügt. Das Reich der Mütter ist unbetretbar geworden; ich muss mich in mir selber finden. Er legte sich aufs Bett; die Bauchmuskeln schmerzten ihn leicht, in

beinahe angenehmer Weise. Nichts mehr herauf-
beschwören, keinen Gott mehr anrufen, der nur
schwiege, wie er immer geschwiegen hatte; nur
schlafen jetzt.

Pestalozzi erwachte spät, mit schwerem Kopf und
trockenem Gaumen. Sein Unterhemd war durchgeschwitzt; es roch nach Erbrochenem. Er hatte vergessen, die Fensterläden zu schließen; das Morgenlicht blendete ihn. Obgleich er kaum fähig war, sich
zu rühren, spürte er in sich eine pochende Unruhe,
ein Unbehagen, das ihn durchflutete, als wäre der
leere Magen seine Quelle. Er wähnte sich für einen
Augenblick in der Mitte eines riesigen kugelförmi-
gen Raumes, der sich ununterbrochen auszudehnen
schien. Die Beleuchtung wechselte von mattem Vio-
lett zu tiefem Blau. Er schwebte mitten in der Kugel und drehte sich, samt dem Bett, gemächlich
um die eigene Achse. Die dämmrige Weite ringsum
stimmte ihn feierlich; trotz seiner Winzigkeit vermochte er sie mit Atem zu erfüllen, und sie begann,
im Gleichklang mit seinem Herzschlag zu pulsie-
ren. Bei Mädis Klopfen aber schrumpfte diese Weite
zusammen, stürzte gleichsam von allen Seiten in ihn
hinein, und als Mädi eintrat, richtete er sich mit dem
Gefühl fader Verquollenheit im Bett auf. Es gelang
ihm zu lächeln. Mädi grüßte wie gewöhnlich, stellte
das Frühstückstablett auf den Stuhl neben dem Bett

und öffnete das Fenster. Die hereindringende frische Luft war angenehm warm; sie brachte bereits eine Ahnung von Mittagsschwüle mit sich. Mädi, in grünem Baumwollrock und weißer Schürze, musterte ihn aufmerksam.

Ihr seht übernächtigt aus, sagte sie, und dabei habe ich erst gestern gedacht, es gehe Euch von Tag zu Tag besser.

Es geht schon, murmelte Pestalozzi, sorge dich nicht.

Ist Euch wieder kalt?

Jetzt gerade nicht. Aber ich habe keinen Hunger, ich habe in der Nacht erbrochen.

Ach, soll Herr Zehender einen Arzt rufen lassen?

Er schüttelte den Kopf. Es ist schon verklungen, nur ein wenig matt bin ich noch.

Dann bringe ich Euch Kamillentee. Bei solch schwachem Magen dürft Ihr keinen Kaffee trinken.

Gehst du in die Küche?

Gewiss.

Sag ihnen, sie sollen einen Teller Suppe für mich auf die Seite stellen, Kartoffelsuppe. Und richte Rosalia einen Gruß von mir aus.

Ja? Sie schaute ihn verblüfft an.

Er griff nach ihrer Hand und zog sie ein wenig näher zu sich heran. Mädi versteifte sich, wich aber nicht zurück. Er sog ihren Geruch in sich ein, über dessen säuerlichem Grund ein Hauch von Anis oder Fenchel hing; er streichelte mit den Fingerspitzen ihren Handrücken.

Verzeiht, sagte sie, fast unhörbar, und entzog ihm zögernd die Hand, meine Haut ist so rauh. Er fasste erneut nach der Hand und ließ sie nicht mehr los. Mädi, sagte er, ich möchte, dass du zu mir ins Bett schlüpfst und mich ein wenig wärmst.

Das darf ich nicht, entgegnete sie errötend.

Nur kurze Zeit, sagte er flehend.

Ich darf nicht, es ist Sünde, der Pfarrer hat's verboten.

Bin ich schon so alt, dass du dich vor mir ekelst? Er umschlang mit beiden Armen ihre Taille und küsste sie auf Wange und Haar, während sie verzweifelt den Kopf hin und her warf. Sie kämpften eine Weile stumm miteinander; dann gelang es ihr, sich loszureißen. Sie ergriff das Tablett und ging, mit rotem Kopf, zur Tür. Ihr fühlt Euch unwohl, sagte sie, indem sie sich ihm auf der Schwelle noch einmal halb zuwandte, ich nehme an, dass unsere Lektion heute ausfällt.

Willst du mich strafen? Pestalozzi brach in gequältes, meckerndes Lachen aus.

Ich habe noch eine Nachricht von Herrn Zehender auszurichten, sagte Mädi mit hölzerner Förmlichkeit. Er lässt Sie freundlich fragen, ob Sie nicht allmählich in der Lage wären, im großen Saal, zusammen mit den üblichen Herrschaften, zu speisen.

Zum Teufel mit den Herrschaften!, brauste Pestalozzi auf und schleuderte ein Kissen an die Wand, so heftig, dass Staub von der Decke rieselte. Eilig schloss Mädi die Tür.

Endlich Frieden schließen mit den eingemauerten Sehnsüchten. Wird das Alter die Freiheit bringen?

Trotz seiner Mattigkeit der tägliche Gang zur Tanne, unter dem unverändert dunstigen Himmel. Er versuchte, beschirmt vom Geäst, die ruhevolle Stimmung der vergangenen Tage wiederzufinden. Aber der Wachtraum von der atemerfüllten Kugel hatte eine Sehnsucht in ihm geweckt, die von Stunde zu Stunde an Macht gewann. Die Weite vor ihm genügte ihm nicht; sie war entrückt, konturlos; ein unbetretbarer, gigantischer Teppich, der niemandem dient. Er sehnte sich nach Festigkeit und Härte, nach gegliederten Räumen, die er auszumessen vermöchte, nach überwindbaren Hindernissen. Er erinnerte sich, dass Zehender erzählt hatte, von hier aus führe ein Pfad, nach zweistündigem Marsch, in eine felsige Gebirgslandschaft; es ließe sich sogar, ohne übermäßige Anstrengung, einer der Gipfel, der

Gantrisch, besteigen. Seine Schwäche wich einer fiebrig-aufgeregten Tatkraft. Ohne noch länger zu zögern, machte er sich auf den Weg, den ihm Zehender beschrieben hatte. Übers Plateau erst, an Tannengruppen und Felsbrocken vorbei. Unverkennbar ein Pfad, wenn auch selten begangen, spärlich wachsendes Gras; auf dem dünnen Streifen festgetretener, ockerfarbener Erde die Blattrosetten des Wegerichs. An einer feuchten Stelle Blumen, deren Namen er nicht kannte: purpurrote, dunkel getupfte Blütenblätter, leicht nach innen gerollt, zu sechsen, wie Turbane an den Stengeln hängend; glühend orangerote Staubgefäße. Wie wenig weiß ich über die Zusammenhänge des stummen Lebens. Habe ich überhaupt jemals zu schauen gelernt? Wieder der Wald, altvertraut und doch bedrängend fremd, wimmelnd von Leben, von krabbelndem, kriechendem, winzigem Leben. Spinnennetze, aufleuchtend im Licht, Ameisenhaufen am Wegrand, diese Unrast, es schwindelte ihn, hineinzusehen. Er zog den Rock aus, legte ihn sich über den Arm. Ordnung und Zerstörung, das unbegreifliche Urgesetz. Er horchte auf die Vogelstimmen. Ein Eichelhäher flog vor ihm auf. Zweige und Wipfel in steter leichter Bewegung; die Veränderungen des Lichts, die gründunklen und düsterbraunen Schattenflächen, die Sonnenflecken auf moderndem Laub. Plötzlich der Waldrand, der neuerliche Anprall der ungedämpften Helligkeit. Er erschrak. Wie eine mächtige Mauer stand die Bergkette vor ihm, zum Greifen nah, nur durch Weiden, die sich sanft zu den Sockeln der Felsriesen senkten, von ihm getrennt. Sie füllte den halben Himmel aus, schloss unwiderruflich den Horizont ab. Kahle Felsen, chaotisch übereinandergeschichtet; Kanten, Runsen, Rücken, Grate, von schwärzlichem Grün ins Aschfarbene spielend, vom glitzernd Bräunlichen ins stumpfe Grau; besonnte Flächen, Felsbänder, Abstürze in schwarzverschattete Spalten, dann wieder turmähnliche Formationen, aus denen, als sei er eben geboren, ein schmaler Gipfel herauswuchs. In Mulden ab und zu noch Schnee, je nach Lichteinfall gleißend oder vom Schatten graublau verfärbt. Darüber, träge heranziehend, ein paar Wolken. Er sah verwundert, beinahe ängstlich hin; er fühlte sich abgewiesen und gleichzeitig machtvoll angelockt. Er wanderte über die Weiden. Weiter unten hörte er Herdengeläut, und bald sah er weidende Kühe. Sie lagen friedlich da, mit gemächlich mahlenden Kiefern, oder sie rupften Gras aus, und ihre Schwänze schlugen leicht an ihre Hinterbeine. Sie hoben die Köpfe, als er zwischen ihnen hindurchging; sie schauten ihn aus sanften Augen an, in denen kein Erkennen lag, nur Ruhe. Der Hirt, den er beinahe übersehen hätte, saß mit angewinkelten

Knien auf einem kleinen Stein, neben sich einen Sack und einen Stock. Sein Alter ließ sich schwer schätzen, denn das Gesicht war überwuchert von drahtig abstehendem, lehmfarbenem Barthaar, das er offenbar seit Jahren nicht mehr gestutzt hatte. Pestalozzi grüßte; der Hirt griff wortlos nach dem Sack, holte Käse und Brot heraus und bot Pestalozzi von beidem an. Der aß stehend, zermahlte das harte, kräftige Brot, den körnigen, süßlich schmeckenden Käse.

Von wo kommst du?, fragte er.

Der Hirt deutete mit dem Daumen nach Westen. Vom Sangernboden, sagte er mit kehliger Stimme.

Und wo schläfst du?

Der Hirt zeigte nach Osten; dort stand, in beträchtlicher Entfernung, eine Sennhütte, an den Hang geschmiegt, das Dach mit Steinen beschwert. Am Abend, sagte er, treibe ich die Kühe zurück, und der Senn und ich melken sie.

Die schweren, schwingenden Euter zwischen den Beinen der Kühe, rosafingrige, mächtig geblähte Säcke, erst jetzt nahm er sie wahr, dahinter die drohende Wand.

Bist du glücklich hier oben, fragte Pestalozzi, so abgeschnitten von jeder menschlichen Gesellschaft?

Der Hirt starrte ihn verständnislos an; er trug

ein schmutzverkrustetes, knopfloses Hemd, das beinahe bis zum Nabel offenstand.

Frierst du nicht in kalten Nächten?

Der Hirt zuckte mit den Achseln, schwieg.

Pestalozzi legte seinen verschwitzten Rock neben Sack und Stecken.

Du hast mich bewirtet, sagte er, nimm dies dafür.

Passt auf, sagte der Hirt, das Wetter schlägt um. Er steckte Pestalozzi eine lederne Flasche entgegen. Wasser, sagte er, frisch von der Quelle. Pestalozzi trank.

Was soll ich mit einem Herrenrock?, fragte der Hirt.

Deck dich zu damit. Ich brauche ihn nicht. Heute habe ich warm genug. Er wandte sich zum Gehen.

Wollt Ihr zum See?, fragte der Hirt.

Gibt's hier einen See?

Eine Stunde von hier. Ich habe schon englische Herrschaften hingeführt.

Und du glaubst wirklich, das Wetter schlage um? Der Hirt stand jetzt vor ihm, breitbeinig, die nackten Füße in den Boden gepflanzt; er roch nach Tier und Dung. Es könnte ein Gewitter geben. Er sprach deutlich und überlaut wie zu einem sorglosen Kind.

Als Pestalozzi sich schon einige Dutzend Meter entfernt hatte, hörte er ihn rufen: Aber weckt mir nicht die Wasserfrau auf!

Beim neuerlichen Aufstieg machte ihm die schwüle Hitze zu schaffen; er hatte Durst; er keuchte; er kämpfte gegen Schwindelgefühle und Übelkeit; die derben Schuhe, die ihm Zehender ausgeliehen hatte, taten ihm weh. Doch Schritt um Schritt kam er den Felsen näher. Nach einer Biegung tauchte überraschend der See auf. Er lag, von vereinzelten Tannen umgeben, in einer Senke, klein, fast vollkommen rund, mit unbewegter Oberfläche, in der sich die Berge und ein Stück Himmel spiegelten. Die Klarheit dieser Spiegelung erfüllte ihn mit Staunen. In jeder Einzelheit, wenn auch vertieft durch eine Beimischung von Grün, waren die Felsen abgebildet; aber die Begrenzung durch die Wasserfläche nahm ihnen alles Bedrohliche und Gewaltsame. Er ging, zwischen Alpenrosen und umgestürzten Bäumen, zum steinigen Ufer hinunter, sah auf den Grund des Sees. Steine, nichts als Steine. Kein Geheimnis, keine Verschleierungen; in der Tiefe, unter dem Abbild der Wirklichkeit, waren die leuchtenden Farben von Granit, Kalk, Porphyr; Kieselfarben, Kieselflecken, Kieseltupfen. Er zog die Schuhe aus; er spürte, wie sich die Hitze, die die Steine unter seinen Fußsohlen gespeichert hatten, wie ein feindselig fremdes Gefühl in seine Haut einbrannte. Eine Zeitlang blieb er stehen, die Füße auf die Steine gestemmt.

Vor vierzig Jahren die ersten Schwimmversuche. Das Hohngeschrei der andern, wenn ihm das Wasser zu kalt war. Seine Tollpatschigkeit beim Forellenfang. Die Angst vor Spritzschlachten, vor dem Wasser, das Schnappen nach Luft, das Husten und Spucken, wenn er wieder auftauchte. Und dann doch dieses unbändige Freiheitsgefühl, wenn das Wasser ihn für ein paar hastige Züge trug. Ich habe mich missbrauchen lassen zu eurer Belustigung; ich habe mich euren Bewährungsproben unterworfen, ohne den Preis dafür zu fordern.

Er streifte das feuchte Hemd über den Kopf, zog Hosen und Unterkleider aus. Er sah sein nacktes Spiegelbild im Wasser: Spuren des Alters überall, faltige, blatternnarbige Haut; das schrumpelig niederhängende Glied, das Faungesicht, trostlos hässlich. Er bückte sich nach einem Stein und warf ihn ins Wasser. Das Bild zersplitterte, zerfloss, fügte sich zitternd wieder zusammen. Er tat einen Schritt ins Wasser; es umfing seine Knöchel in schockartiger Kälte. Aber er hielt stand. Er setzte vorsichtig Fuß vor Fuß. Das Wasser stieg ihm zu den Knien, zu den Oberschenkeln. Die Kälte biss sich in seinen Körper hinein; er hielt den Atem an, um sie von sich fernzuhalten. Dennoch bespritzte er sich Brust und Schultern. Kältestiche, nadelfeiner, sich ausbreitender Schmerz; erstarrende Muskeln.

Am andern Ufer einzelne Tannen, dahinter eine steil ansteigende Geröllhalde, dann die Felsen. Er stieß sich ab, glitt vorwärts, sank tiefer in Kälte und Unsicherheit. Den Halt verlieren, das Grundlose ertragen. Er schwamm. Die Kälteschmerzen wichen allmählich dem Gefühl schwebender Leichtigkeit. Das Wasser trug ihn, schmeichlerisch und sanft. Nach ein paar Dutzend Zügen geriet ihm ein wenig Wasser in den Mund; die Ängstlichkeit meldete sich wieder. Er tastete mit den Füßen nach Grund, schürfte sich an einem kantigen Stein eine Zehe auf, hinkte ans Ufer. Sobald sein triefender Körper der Luft ausgesetzt war, überfiel ihn erneut Kälte, nicht beißend diesmal, eher wie eine eisige Berührung, die Gänsehaut und Zähneklappern hervorrief. Er suchte sich, über Steine und Wurzeln balancierend, einen niedrigen glatten Felsblock. Noch schlotternd legte er sich bäuchlings auf die sonnenwarme Steinfläche. Sie verfärbte sich dunkel von seiner Nässe. Die Sonnenbestrahlung gewann an Kraft. Er drehte sich auf den Rücken. Die letzten Anfeindungen des Fröstelns; sich öffnende Poren. Wohlbehagen von innen und außen; vom Zwerchfell her dieser unaufhaltsam vorrückende Wärmestrom bis in die Finger- und Zehenspitzen hinein. Er blinzelte ins Licht, Wolken schoben sich gelassen durch sein Blickfeld. Hoch oben kreiste ein Raubvogel; er sank und stieg;

ab und zu schlug er mit den Flügeln; dann segelte er wieder ruhig über See und Felsen, als ob die Leere ihn trüge.

Nackt und wärmesatt schloss er die Augen; er suchte eine bequemere Lage und nickte ein. Als er erwachte, hatte sich das Licht verändert; es war stumpfer, in diffuser Weise bedrohlich geworden. Die Sonne stand erheblich tiefer. Er sah, dass von Westen her, der Bergkette entlang, eine dunkle Wolkenbank heranwuchs; sie quoll hinter Grat und Gipfel hervor, näherte sich rasch, mit fasrig verwehten Rändern. Windstöße kräuselten die Oberfläche des Sees. Er dachte an die Warnung des Hirten und zog sich an. Diese unnütze zweite Haut über der lichtbedürftigen ersten. Von ferne hörte er ein Donnergrollen, als ob mächtige Steine in einen Bottich polterten. Die Schuhe schweißfeucht und staubig; er zwängte widerwillig die leicht angeschwollenen Füße hinein. Die Sonne wurde verschluckt von schwärzlichen Wolkenmassen; einen Augenblick lang noch der kränkliche Widerschein ihres Lichts; dann auf einen Schlag winddurchsauste, blitzdurchzuckte Gewitterdämmerung.

Die ersten Tropfen fielen, zerplatzten auf den Steinen, nasse, runde Male hinterlassend, zersprühten im See. Pestalozzi erkannte, dass es in der Nähe keinen Unterschlupf gab außer den Tannen, die man ihn, als Knaben schon, zu meiden gelehrt hatte, da sie magnetisch den Blitz anzögen. Er wunderte sich, dass seine Furcht so gering war. Auf dem Pfad, der ihn hierher geführt hatte, ging er zurück. Noch knapp erkennbar die modernden Baumleichen, die Stellen mit Kräuter- und Grasbewuchs. Er ging ohne Hast. Nach einem krachenden Donnerschlag stürzte die Sintflut nieder. In wenigen Sekunden waren seine Kleider durchnässt. Er entledigte sich im Gehen des Hemdes und band es an den Ärmeln um seine Taille. Das Wasser rann über Haar, Gesicht, Schultern, es sammelte sich zu Bächen, die aus den Achselhöhlen strömten, den Nabel überschwemmten, dem Rückgrat entlang die Haut aufweichten. Das Wasser war warm und lindernd trotz dem Tropfenaufprall. Vom Boden stieg Dampf auf und dieser herbe, von Wachstum und sommerlicher Üppigkeit kündende Gewittergeruch, der ihm vertraut war wie eine gute Berührung. Er ging durch den Gewitterregen, als ob der Weg sich von selbst anböte. Er fühlte in allen Zellen, dass er lebte; seine Schuhe versanken im Schlamm, er glitschte aus, schlug der Länge nach ins Matschige und Weiche. Er wälzte sich lachend darin herum, platschte mit flachen Händen in den Dreck, rappelte sich auf. Der Weg, der nun wieder zu steigen begann, wurde zum Bachbett. An den Seiten, in alten Runsen, schoss das Wasser

schäumend herunter, riss Steine mit sich. Pestalozzi widerstand dem Druck. Er setzte stapfend Fuß
vor Fuß. Er versuchte zu singen, ein Lied, das er
von französischen Soldaten gehört hatte: Er sang es
ohne Worte, eine kriegerische Melodie, die er aus
luftgeblähten Lungen hervortrompetete und dem
abflauenden Gewitter entgegensetzte. In der Tat, der
Regen ließ nach; obschon die Blitze weiterhin nie-
derfuhren, schien sich der Donner zu entfernen, in
die ostwärts ziehende Wolkendecke floss ein wenig
Helligkeit zurück.

Pestalozzi fühlte sich erschöpft und gleichzeitig
überempfindlich wie nach einer durchwachten Nacht.
Er kam zum Platz, wo er dem Hirten begegnet war.
Sein Rock lag noch am selben Fleck, ein mit Regen-
wasser vollgesoffener Stoffhaufen. Doch der Hirt
war verschwunden. Erst jetzt merkte Pestalozzi, dass
er fror. Er wrang kniend, mit aller Kraft, den Rock
aus; er zwängte seine Arme durch die Ärmel, spürte
das wasserdurchtränkte, schwer gewordene Gewebe
auf seiner Haut; er roch das Tuch. Das Hemd ließ
er umgebunden. Er spielte mit dem Gedanken, in
der Sennhütte, die er im heller werdenden Licht wieder erblickte, Schutz zu suchen, verwarf ihn aber
gleich wieder, da er dem Hirten, der sein Geschenk
verschmäht hatte, nicht mehr unter die Augen treten wollte.

Er ging weiter. Die Erde dampfte. Hinter den schwarzen Tannenwipfeln und zwischen rötlichem Gewölk brach die sinkende Sonne hervor. Die Felsen verfärbten sich in allen Nuancen zwischen Gold und Purpur, und gleichzeitig vertieften sich die Schatten in Runsen und Mulden. Er hörte Vogelgesang. Das Wasser tropfte aus den Bäumen, die den Weg säumten.

Dann verschwand die Sonne; das Licht auf den Gipfeln erlosch; die Berge standen starr und feindlich da, riesenhafte Mauern, die sich von Minute zu Minute verdüsterten, während der Himmel noch eine Zeitlang hell blieb, das verblassende Blau mit Gelb durchmischt. Die Kälte stieg von seinen nassen Füßen die Beine hoch, kroch von den Fingern zu den Achseln. Er beschleunigte seine Schritte und behielt angestrengt den kaum noch sichtbaren Weg im Auge. Er erinnerte sich, dass dieser irgendwo in den Wald abbiegen und dann, in mehreren steilen Passagen, zum Kurhaus hinunterführen musste. Er folgte, da es dunkler wurde, seinem Instinkt, merkte aber nach ein paar hundert Schritten, dass der Pfad, an gefällten Bäumen vorbei, in einer Lichtung endete, die ihm völlig unvertraut schien. Dort war noch ein wenig Helligkeit. Er beschloss, statt zurückzukehren, geradeaus weiterzumarschieren, der Neigung des Hangs folgend.

Er trat wieder in den Wald ein, dort, wo er in einer schmalen Schneise menschliche Spuren zu erkennen glaubte. Er tastete sich von Baum zu Baum, rutschte immer wieder ein kleines Stück über glitschiges Laub ab. An einer flacheren Stelle blieb er, außer Atem, sitzen. Er gestand sich ein, dass er sich verirrt hatte. Sobald er sich nicht mehr bewegte, überfiel ihn die Kälte. Es wurde ihm klar, dass er die Nacht hier würde verbringen müssen. Die Erde roch bitter und faulig. Er raffte mit den Händen Laub und Nadelstreu zusammen und schichtete es zu einem lockeren Haufen auf. Er grub sich tiefer, dort, in der Nähe des Bodens, war das Laub weniger nass. Als der Haufen groß genug war, wühlte er sich hinein und streute Laub, vermischt mit Reisig, über den Körper. Er bewegte sich nicht mehr. Zunächst spürte er noch ein paar Druckstellen, die Stiche von Nadeln und Zweigspitzen, aber je mehr er sich an die Kälte gewöhnte, desto gleichgültiger wurde ihm der Körper; eine Art Fühllosigkeit schien ihm, von außen her, wie eine dicke Haut zuzuwachsen. Das Wissen, dass er noch vor wenigen Stunden über bewegliche, sonnenwarme Glieder verfügt hatte, entglitt ihm. Obschon er über den Tod nachdachte, hatte er die Gewissheit, dass er diese Nacht überleben würde.

Die Dämme gegen das Vergessen. Warum nicht

einen neuen Anfang wagen? Ich habe Zeit; jede Minute ist genug Zeit, um meine Ideen in sie hineinzudenken. Aber nicht deinetwegen, Anna. Er durchquerte ein eingeäschertes Dorf, aus dessen Trümmern Rauch stieg; er ging über verbranntes Land. Es regnete Asche in feinen, grauschwarzen Flocken. Er streckte die Hände aus und sah, wie die Asche seine Haut schwärzte. Er fühlte in sich eine tief vergrabene, traumlose Trauer. Durch Asche watend, kam er zum Fluss, der reißend dahinzog. Am jenseitigen Ufer sah er eine sonnenbeschienene Landschaft in frischem Grün. Riefen nicht die Kinder seinen Namen?

Er fand sich, steif vor Kälte, im Laubhaufen. Der Mond schien; schwaches Licht lag auf den Stämmen ringsum. Wieder hörte er, von mehreren Stimmen zugleich, seinen Namen; wie nah oder wie weit entfernt, hätte er nicht zu sagen vermocht. Er versuchte sich aufzurichten; doch seine Glieder gehorchten ihm nicht. Erst nach längerer Anstrengung gelang es ihm, das Laub abzuschütteln und auf die Beine zu kommen. Er glaubte, zwischen Stimmen ein auf und nieder tanzendes Licht zu sehen. Hier, hier bin ich. Pestalozzi, Pestalozzi!, tönten die Rufe durch den Wald, verwirrend vervielfacht vom Echo. Moos unter seinen Füßen, dann härterer, laubloser

Grund. War es ein Weg? Das Licht bewegte sich auf ihn zu. Er taumelte. Jemand hielt ihn fest. Sind Sie's, Pestalozzi? Eine fremde Gestalt im Lodenmantel, eine fremde Stimme, eine Laterne dicht vor seinem Gesicht. Er schützte sich mit erhobenen Armen. Gott sei Dank, dass wir Sie gefunden haben. Ein Mantel wurde um ihn gelegt; mehrere Stimmen redeten auf ihn ein; unter ihnen erkannte er jene Zehenders. Er registrierte, dass er auf einem Strunk saß, eine Decke über den Knien. Man flößte ihm Schnaps ein. Er schluckte und hustete. Können Sie gehen?, fragte ihn Zehender. Er nickte. Hände links und rechts griffen unter seine Achseln, er ließ sich halb tragen, halb ziehen. Die Laternen beleuchteten freudig erregte Gesichter.

Sie hätten nur noch eine Viertelstunde bis zum Kurhaus gebraucht, sagte Zehender, aber Sie sind vom Weg abgekommen. Wir fürchteten schon, Sie seien verunglückt oder vom Blitz getroffen worden.

Der Wald entließ sie. Die Masse des Kurhauses, mit zahlreichen erleuchteten Fenstern, stand vor ihnen, darüber der sternenfunkelnde Himmel, in ihrem Rücken der Mond. Nur Ruhe jetzt, schlafen. Sein Kreuz schmerzte; er klapperte, trotz Mantel und Decken, mit den Zähnen.

In der Eingangshalle brannten sämtliche Kerzen, als ob ein Fest gefeiert würde. Ein paar Dutzend

Gäste drängten sich dort in der Nähe von Sesseln und Tischen zusammen. Als die Männer, Pestalozzi in ihrer Mitte, in die Halle polterten, brachen die Wartenden in lauten Beifall aus. Man umringte den wiedergefundenen Helden und drückte ihm die Hand; eine Dame umarmte ihn. Vergeblich versuchte Zehender, die Sympathiebezeugungen zurückzudämmen. Flaschen wurden entkorkt; man stieß auf Pestalozzis Wohl an. Er saß frierend auf einem Sessel.

Endlich führte man ihn aufs Zimmer; man half ihm aus dem nassen Rock, aus Schuhen und Hosen; man frottierte ihm Haare und Oberkörper. Er zog sich, halb im Schlaf schon, trockene Unterkleider an, während die Helfer sich für diese Zeitspanne diskret im Gang aufhielten; er sank aufs Bett; viele Hände deckten ihn zu, tätschelten das Duvet zurecht. Er drehte sich zur Wand, erwiderte die Gute-Nacht-Wünsche nicht, fragte aber Zehender, der sich als Letzter verabschiedete, wo Mädi sei, Mädi, das Zimmermädchen, und vernahm, dass es wohl schlafe in seiner Kammer.

Abgesehen von gelegentlichen Hustenanfällen blieb diese Nacht für Pestalozzi ohne nachteilige Folgen. Man grüßte ihn mit betonter Vertraulichkeit; die Nachricht von seiner Rettung hatte sich herumgesprochen.

Er begann damit, die Briefe zu beantworten, die seit seiner Ankunft eingetroffen waren. Er saß in den Morgenstunden am Schreibtisch; der Federkiel kratzte eilig übers Papier, mit schroffen Abstrichen, fliegenden Übergängen von Buchstabe zu Buchstabe. Ab und zu schaute er durchs Fenster, hinaus auf den Wald, der im wechselnden Licht seine Farben änderte. Er schrieb an die Zürcher Freunde, an Lavater, an Gessner, an das Direktorium; er schrieb an Franziska von Hallwyl, an Fellenberg, an den dänischen Philosophen, der sich nach den Grundsätzen der *Methode* erkundigt hatte; er schrieb an Jacques und, nach längerem Zögern, an Anna: einen Brief mit liebevoll-hausväterlichen Floskeln, denen man die erzwungene Distanz anmerkte. Er fragte nach dem Stand der bäuerlichen Arbeiten; er deutete an, dass in ihm allmählich neue Pläne erwachten, die er aber noch nicht klarer zu umreißen vermöge. Einen Brief Fischers, der ihn bat, ausführlich seine Stanser Erfahrungen zu erläutern, legte er auf die Seite.

Am Nachmittag ging er jetzt hin und wieder baden. Er setzte sich in eine der großen hölzernen Wannen, ließ sich mit warmem, leicht faulig riechendem Wasser übergießen; er spürte, wie es an seinem Körper hochstieg und sein Gewicht zu vermindern schien; er sah, dass die Brechung des Lichts seine Beine im

Wasser verkürzte. Die Wärme machte ihn schläfrig. Er lehnte sich zurück, geriet in jenen schwebend-unwirklichen Zustand, den er vom morgendlichen Dahindämmern her kannte. Hinter den spanischen Wänden, die rings um ihn aufgestellt wurden, erscholl das von Plätschern begleitete Stimmengewirr der übrigen Badegäste. Manchmal schlug es um in Gelächter. In den Spalten zwischen den Paravents tauchte sekundenschnell, wie ein kurzes Leuchten, nackte Haut auf; Augen spähten neugierig herein, verschwanden sogleich. Die Mägde, deren Gesichter nass vom Dampf waren, trockneten ihn mit geschäftiger Gründlichkeit ab. Ihren Griffen, ihrem Reiben und Massieren entging kein Flecken Haut. Er wusste, dass sie ihm, gegen zusätzliches Entgelt, Lust bereitet hätten; aber ihr stumpfer Ausdruck hielt ihn ab, sie dazu aufzufordern, obgleich er sich manchmal, beflügelt von der feuchtigkeitsgesättigten Wärme, nach Berührungen sehnte. Die Mägde wichen seinen Gesprächsversuchen aus; sie mieden auch seinen Blick, als ob das Unanständige für sie nicht im nackten Körper, sondern in der Anbiederung des Gastes läge. Sie hüllten ihn schweigend in weiße Tücher, begleiteten ihn zum Ankleideraum, wo sie ihm, Stück für Stück, mit gleichsam routinierten Demutsgebärden seine Wäsche reichten.

Der Spaziergang um die Kieswege rund ums Kurhaus. Sonneneinfall zwischen Baumkronen, aufleuchtendes Grün, mit gilbenden Rändern, Rosenbüsche, die Samtfarben der Blüten. Er begegnete regelmäßig dem Greis, der täglich, in der Manier des *ancien régime* pedantisch herausgeputzt, ums Rondell herum trippelte. Bei jedem Schrittchen klopfte er, dem Anschein nach getrieben von unversieglicher Wut, mit dem Stock auf den Boden. Man erzählte sich, er sei ein Genfer Kaufmann und habe einst, bei einem Handel, Voltaire übers Ohr gehauen, was ihm dessen ätzende Verachtung eingetragen habe.

Mit Zehender abends politische Diskussionen; gelegentlich stießen noch zwei, drei Gäste hinzu, deren Namen Pestalozzi sogleich wieder vergaß. Unerschöpfliches Thema: die unvollendete Revolution; das Wesen der Fundamente, auf welche das Wohl Helvetiens zu bauen wäre; die Frage, wer denn regieren solle, wenn die Fundamente im Parteiengezänk verlorengingen. Pestalozzis wachsende Erregung, wenn Zehender ihm widersprach, sein Zorn, wenn dieser den unbeschränkten Wert und Nutzen der Elementarbildung anzweifelte.

Ich fordere wahre Menschenfreundlichkeit im Gebrauch des angehäuften Eigentums, und einzig eine Bildung, welche die Wurzeln des Denkens und Fühlens festigt und nährt, vermag dorthin zu führen; einzig der Mensch, der sich durch Bildung seiner selbst gewiss geworden ist, gönnt dem Nachbarn seinen Teil, da er Zufriedenheit aus sich selbst zu schöpfen weiß. Ohne gesetzlich verankertes Recht auf Bildung, wie ich sie sehe, geht Helvetien zuschanden und verkümmert in den Händen der fett gewordenen Revolutionserben zu einer Anstalt leerer Zucht, aus der das Geld – und was sich daran knüpft – alles fruchtbare Leben verbannt hat. Wenn wir Änderungen wollen, Zehender, dann lass uns die Schulen befreien, in denen die Kinder abgerichtet werden zu Puppen bürgerlicher Moral, zu gefühllosen Kopfnickern. Unsere Schulen sind Erstickungsmaschinen, Zehender; der Sturmwind der Revolution müsste den Staub aus ihnen hinausfegen, der den Kindern die Poren verstopft und sie vom Leben abhält. Es wäre unsere Aufgabe, die Schulen in Gemeinschaften zu verwandeln, in denen Lehrer und Schüler den Stoff aus ihrem unmittelbaren Leben schöpfen, denn nur aus Leben, im Leben, nur lebend als vollgültiger Mensch lässt sich lernen; nur lernend mit allen Sinnen und allen geistigen Fähigkeiten lässt sich leben.

Zehender lächelte. Ihre philosophische Leidenschaft, sagte er, reißt Sie zu Höhenflügen hin, die den Boden der Wirklichkeit verlassen. Da die Schulen ein Spiegelbild der Verhältnisse sind, können sie niemals zu Keimzellen der Veränderung werden. Die Erstarrung unserer politischen Formen wird immer auch in die Schulen hineinwirken und sie zwingen, das Äußere, dem sie unterworfen sind, mit ihren Mitteln zu verfestigen.

Hatte die Diskussion diesen oder einen ähnlichen Punkt erreicht, pflegte Pestalozzi zu verstummen; noch eine Weile vielleicht, dem Wein zusprechend, brütete er vor sich hin; dann ging er zu Bett.

Erinnerungen an die Dorfschule in Höngg, die er einen Winter lang, als die Mutter krank war, besucht hatte. Täglich ein Scheit mitbringen für den Kachelofen. Diese vielen, stark riechenden Kinder, Leib an Leib im kleinen Raum, dessen Fenster stets beschlagen waren. Das ABC-Gebrüll in der lähmenden Hitze, der Schulmeister, ehemals Korporal in preußischen Diensten, der hinkend die Bankreihen durchmaß und Verstöße gegen Gehorsam und Ordnung mit Rutenhieben strafte. Dagegen das Karolinum für die Zürcher Bürgersöhne; kahle Gänge, das Gemurmel leiser Stimmen hinter den Türen. Bodmer und Breitinger, humane Gesinnung predigend, Shakespeares Geist beschwörend, umringt von Jüngern. Weniger roh gewiss, dem Stand der

Privilegierten angemessen; doch war's nicht auch lebensfern?

Eines Abends, nach dem ersten Glas, trug Zehender beinahe verschämt Pestalozzi den Wunsch einiger Gäste vor: Unter bildungsbewussten Bürgern bestehe ein lebhaftes Interesse für die Grundsätze der *Methode,* man wisse, dass ihr Ruf bereits über die Grenzen hinausdringe. Nun hätten einige Gäste vernommen, dass Pestalozzi, obgleich noch erholungsbedürftig, seine *Methode* hier, in diesem Haus, weiterentwickle und sie täglich gegenüber einem Geschöpf der untern Klasse anwende. Ob es da nicht möglich wäre, den versammelten Gästen, angesichts des lebendigen Exempels, das Hauptsächliche der *Methode* zu erklären in Form eines lockeren Vortrags beispielsweise, dem sich, sofern seine, Pestalozzis, Konstitution dies zulasse, einige Fragen anschließen würden. Der berühmte Mitbürger könne versichert sein, dass man diese Gelegenheit, sich über seine Ziele unterrichten zu lassen, warm begrüßen und es keinesfalls versäumen würde, nach gehabtem Genuss eine Sammlung zugunsten eines allfälligen neuen Projekts zu veranstalten.

Pestalozzi, der mit halb geschlossenen Augen zugehört hatte, schwieg. Aus persönlicher Sicht, sagte Zehender, müsse er hinzufügen, dass Pestalozzi sich solcher öffentlicher Verpflichtung kaum mehr entziehen dürfe, besonders nachdem einige Gäste sich bei der nächtlichen Suchaktion sozusagen mit Leib und Leben für ihn eingesetzt hätten und sein Fernbleiben im Speisesaal auf wachsendes Befremden stoße. Kurz und gut, er habe eigentlich gar keine andere Wahl, als diesen bescheidenen Wunsch wohlmeinender Gäste zu erfüllen.

Pestalozzi widersprach nicht, obschon eine flatternde Bewegung seiner Hände darauf hindeutete.

Als Termin vereinbarten sie den nächsten Abend, und Zehender versprach, für alles Nötige zu sorgen.

Da es Samstag war, spielte die Kapelle zum Tanz auf. Polkas und Mazurken erklangen, und die dröhnenden Schritte, die ihrem ungestümen Rhythmus nachzueilen schienen, hallten durchs Haus. Kurz vor Mitternacht, als Pestalozzi im Halbschlaf lag, schreckten ihn johlende Stimmen auf. Er trat ans Fenster. Draußen zog im Mondlicht ein Cotillon vorüber, lärmend, lachend und singend, angeführt von einem Geiger. Pestalozzi sah offene Mieder, bis zu den Schenkeln geschürzte Röcke; er hörte trunkene Rufe. Wie ein hell schimmernder, riesenhafter Tatzelwurm bog die Gesellschaft um die Ecke des hintern Flügels; Geigenmelodie, Gesang, Gelächter entfernten sich und verklangen schließlich.

Pestalozzi beharrte auch am Sonntag darauf, die Mahlzeiten in seinem Zimmer einzunehmen. Abends bediente ihn nicht Mädi, sondern ein Mädchen, das er erst einige Male im Gang gesehen hatte, älter als Mädi, mit wulstigen Lippen, die sich kaum zum Gruß zu öffnen getrauten. Eine Stunde später holte ihn Zehender ab. Seine Wangen waren gerötet. Auf seine Bitte hin zog Pestalozzi den schwarzen, notdürftig gebürsteten Rock an und stopfte sich ein sauberes Halstuch in den Kragen. Es brauchte indessen längeres Zureden, bis er sich, nachdem er die Haare genetzt hatte, mit äußerstem Widerwillen kämmte. Zehender warf einen Blick auf den mit Blättern übersäten Schreibtisch und fragte, ob Pestalozzi vielleicht einige Notizen vorbereitet habe, eine kleine Gedächtnisstütze, die man ja keinem Redner verüble … Pestalozzi schüttelte den Kopf.

Im Gesellschaftssaal hatte man die Tische an die Wände gerückt und die Stühle in Reihen angeordnet. Die meisten Gäste hatten sich bereits eingefunden. Als Zehender, Pestalozzi leicht vor sich herschiebend, den Saal betrat, unterbrachen sie ihre Gespräche und begrüßten die beiden mit Applaus. Zehender führte Pestalozzi zu einem Sessel, neben dem ein Notenpult stand, das offenbar als Ersatz für das nicht vorhandene Rednerpult dienen sollte. Er setzte sich. Ihm gegenüber, Kopf an Kopf, die Gäste, die ihn wohlwollend musterten; einzelne, die ihm bereits vorgestellt worden waren, nickten ihm zu, Vertrautheit vortäuschend. Im Kerzenlicht verschwammen die Gesichter; er vermochte sie kaum voneinander zu unterscheiden.

Erst jetzt bemerkte Pestalozzi, dass rechts von ihm, neben seinen Sessel geschoben, ein zweiter stand und dass darin Mädi saß. Sie hatte ihren Sonntagsrock angezogen und in die braunen Zöpfe zwei rote Schleifen geflochten. Sie saß auf der Sesselkante mit aneinandergepressten Knien und einem Gesicht, aus dem alles Leben gewichen zu sein schien. In ihrem Schoß lagen die Buchstabentäfelchen, die Pestalozzi für sie angefertigt hatte. Wie zum Schutz hielt sie ihre Hände darüber. Pestalozzi vergaß für einen Moment das Publikum; er beugte sich zu Mädi hinüber und berührte sanft ihre Hand. Sie fuhr zusammen, schaute hastig nach links und nach rechts. Dann erkannte sie Pestalozzi; ihre Augen leuchteten auf, aber sogleich nahmen sie einen abweisenden, ja feindseligen Ausdruck an. Sie senkte den Kopf und fügte sich wieder in ihre Haltung gleichgültiger Ergebenheit.

Zehender ersuchte um Ruhe. Das Getuschel verstummte; das Fächerklappern und Robenrauschen wurde leiser. Die Porträts an den Wänden schienen die Szenerie in grimmigem Hohn zu betrachten. Er freue sich, begann Zehender, so viele aufgeschlossene Gäste zu einem Anlass willkommen heißen zu dürfen, der die hochgesteckten Erwartungen gewiss nicht enttäuschen werde; unter dem Publikum befänden sich, was er nicht verschweigen wolle, außer zahlreichen freien Bürgern Helvetiens auch etliche Franzosen, die in dem großen Menschenfreund sozusagen einen Landsmann in die Arme schließen könnten, da ja die revolutionäre französische Nationalversammlung seinerzeit Pestalozzi neben Schiller zum Ehrenbürger Frankreichs ernannt habe. Er werde deshalb am Schluss Pestalozzis Vortrag in französischer Sprache zusammenfassen. Zunächst aber gelte es, dem Helden des Abends, Pestalozzi nämlich, den ihm gebührenden Gruß samt vorausgeschicktem Dank darzubringen; es sei, dem Beifall nach zu schließen, der Pestalozzis Auftreten gegolten habe, offenbar gar nicht nötig, ihn, den würdigen Philanthropen, vorzustellen, dessen Pläne und Taten das Gewissen Europas aufrüttelten, den Dichter, dessen Feder selbst versteinerte Herzen zu rühren vermöge. Mit besonderer Wärme wolle er auf das Mädchen Magdalena hinweisen, welches der Erzieher unter seine Fittiche genommen habe und das, wenn auch vorläufig noch etwas verschüchtert, zu dessen Linken sitze. Er glaube, im Sinne des großen Menschenfreundes zu handeln, wenn er dem Mädchen den allerherzlichsten Dank ausspreche für die Bereitschaft, sein Können, das Pestalozzis vielfach bestaunter *Methode* entspringe, vor den interessierten Zuschauern zu demonstrieren. Man klatschte in die Hände. Zehender deutete, in Mädis Richtung, eine Verbeugung an.

Zwei Einzelheiten, fuhr Zehender fort, müsse er noch, man möge ihm verzeihen, vorwegnehmen. Erstens wolle er verhindern, dass die Gäste nach dem Vortrag sogleich auseinander liefen; er biete ihnen deshalb eine kleine Erfrischung an, die aufgetischt werde, sobald der offizielle Teil beendet sei, und zweitens werde er, Zehender, während und nach dem Vortrag eine Liste zirkulieren lassen, auf der allfällige Spender – und er hoffe, es seien deren viele – die Summe eintragen könnten, die sie für ein Projekt, das Pestalozzi noch näher erläutern werde, zu stiften gedächten. Jetzt aber könne er mit einer Überraschung aufwarten, mit der selbst er, Zehender, nicht gerechnet habe. Einer der Gäste nämlich, Herr Daxelhofer aus Schaffhausen, habe sich, als vorzüglicher Cembalospieler, angeboten, den Vortrag mit einer Sonate des großen Haydn einzuleiten und zu verschönern.

Zwei Diener enthüllten das Cembalo, das, der allgemeinen Aufmerksamkeit entzogen, in einer Ecke gestanden hatte, und schoben es, samt Stuhl, in die

Mitte des freien Raums. Herr Daxelhofer, ein ergrauter Herr in mittleren Jahren, setzte sich, seine Rockschöße glättend, ans Instrument und begann zu spielen. Ein Diener, der sich neben ihn gestellt hatte, beleuchtete mit einer Kerze die Tastatur. Pestalozzi saß ebenso regungslos da wie Mädi. Die Musik erreichte ihn nicht; sie blieb ihm fremd in ihrer graziösen Künstlichkeit. Er schielte zu Mädi hinüber, die ihre Haltung nicht verändert hatte; er sah die Linie des Profils, die feinen, im Kerzenlicht schimmernden Nackenhaare. Ein Schmerz, stechend, atemhemmend, wühlte in seinen Eingeweiden, schoss peinigend durchs Blut. Zu wem, auf wessen Seite gehöre ich denn? Herr Daxelhofer jagte mit fliegenden Fingern durch die letzten Takte des Rondos. Die hämmernden Schlussakkorde; Beifall; an Frauenarmen funkelte Schmuck.

Zehender lud Pestalozzi mit einer Geste ein, ans Pult zu treten; der Referent, sagte er, werde den Vortrag ohne Manuskript halten, gleichsam aus dem Stegreif, diktiert indessen von den kostbaren und unerschöpflichen Erfahrungen der reifen Mannesjahre.

Woher denn will ich die Kraft nehmen? Diese Gefräßigkeit, diese lebensleere Bildungsgier. Pestalozzi stand auf, schloss seine Hände ums Notenpult. Er versuchte, den Ausdruck in einzelnen Gesichtern zu ergründen. Vergeblich. Alles so weit weg und unbekannt; tot. Wer hat sie aus dem Lebenszusammenhang herausgerissen? Schweigen im Saal, von Hüsteln unterbrochen. Zehender, der sich inzwischen gesetzt hatte, fuhr sich nervös durchs Haar. Der Saal drehte sich, bei Gott; ein Gesichterkarussell, mir schwindelt.

Im Saal entstand Unruhe; Gesichter wandten sich einander zu, mit fragend hochgezogenen Augenbrauen.

Ich verstehe nicht ganz …, setzte Zehender an.

Nein, sagte Pestalozzi, zuerst leise, dann vernehmlich, an der Grenze der Unhöflichkeit: Nein! Plötzlich machte er kehrt und verließ, ohne ein Wort zu verlieren, den Saal, flüchtete, während sich hinter ihm ein Stimmengewirr erhob, durch die Gänge, gelangte, den Schritt beschleunigend, in sein Stockwerk, fand endlich sein Zimmer. Er schloss die Tür ab, warf sich aufs Bett. Man klopfte, man polterte an die Tür; Stimmen sprachen durcheinander, bittend, erregt, beleidigt. Er antwortete nicht.

Die Stimmen entfernten sich; es wurde ruhig. Jemand musste die Kerzen auf dem Schreibtisch angezündet haben. Der Friede des Kerzenscheins. Neben den Briefen, die er bereits beantwortet hatte, lag jener Fischers, mit der Bitte, Auskunft über die Stanser Erfahrungen zu geben. Pestalozzi setzte sich, noch immer schwer atmend, an den Schreibtisch. Er tunkte die Feder ins Fass und schrieb: Freund! Ich erwache abermals aus meinem Traum, sehe abermals mein Werk zernichtet und meine schwindende Kraft unnütz verschwendet.

Draußen lag der Wald, knapp sichtbar im schwachen Mondlicht; die Nachtluft, lind und beinahe schmeichlerisch, wehte Harz- und Modergeruch durchs halboffene Fenster. Noch einmal zurück ins Kloster. Kathrins schmale Figur. Aber so schwach, so unglücklich mein Versuch war, so wird es jedem menschenfreundlichen Herzen wohltun, sich einige Augenblicke ob demselben zu verweilen und die Gründe zu überlegen, die mich überzeugen, dass eine glückliche Nachwelt den Faden meiner Wünsche sicher da wieder anknüpfen wird, wo ich ihn lassen musste.

Und ich? Bin ich's nicht Kathrin schuldig, ein Diener der *Methode* zu bleiben, Schulmeister zu sein, den verachtetsten Beruf anzunehmen? Auch gegen deinen Willen, Anna. Noch einmal von vorne beginnen; die Welt soll staunen. Ich will zu Fischer fahren, um ihm meinen Wunsch mitzuteilen. Nein, nicht Institutsvorsteher, Fischer, Schulmeister will ich sein, ein Schulmeister in der Armenschule.

Ich werde dir vor Augen führen, Fischer, was eine Armenschule vermöchte.

Ich sah die Revolution von ihrem Ursprung an als eine einfache Folge der verwahrlosten Menschennatur … Die unvollendete Revolution. Die verschütteten Wurzeln des Lebens ausgraben. Noch einmal von vorne beginnen.

Nachwort

Die soziale Schichtung der Eidgenossenschaft am Ende des 18. Jahrhunderts gleicht auf verblüffende Weise jener eines heutigen Entwicklungslandes. Die Schweiz war, abgesehen von den wenigen Zentren, wo Manufakturen entstanden, eine Agrargesellschaft. In vielen Gegenden bildeten Taglöhner und Bettler die Mehrheit der Bevölkerung; es gab kleine Schichten von Begüterten, die das Elend der Erwerbs- und Landlosen ausnützten. Die helvetische Revolution, als gemäßigter Ableger der französischen, verhalf zwar dem Bürgertum zu seinem Recht; aber das niedere Volk, der vorproletarische Vierte Stand, blieb davon ausgeschlossen.

Der Bildungsbürger, der Pestalozzis Bücher las, fand die Dritte Welt vor seiner Haustür; er konnte sie mit Fußtritten verscheuchen, mit Almosen sein Gewissen beruhigen – oder er konnte sich dazu erziehen, die Armut, die ihm auf den Leib rückte, zu übersehen, das heißt: aus seiner Weltsicht auszublenden, bestenfalls zu idyllisieren.

Eine von Pestalozzis Pioniertaten war es, dass er – schreibend und handelnd – darum rang, die Lebensbedingungen der Armen ins Bewusstsein der Privilegierten zu rücken. Aber es ging ihm nicht nur darum, den Blick des Bürgertums zu schärfen. Er tauchte selber in die Welt der Armut ein; er ließ sich von ihr beschmutzen, und er forderte hartnäckig, die Verhältnisse, in denen Kinder tierhaft dahinvegetierten, zu verändern. Das ist, aus der Sicht der Satten, ärgerlich. Eine Botschaft, wie sie aus Pestalozzis Biographie spricht, gerät jenen, die Recht und Reichtum auf ihrer Seite wissen, stets in den falschen Hals. Das probateste Mittel, sie totzuschweigen, besteht darin, ihre Urheber aufs Podest zu stellen. Der selbstlose Waisenvater – alles für die anderen, für sich nichts – ist zum Mythos geworden, der unsere eigene Trägheit entschuldigt.

Dass die Kultur des Mangels ihre eigene Würde hat; dass Veränderung von unten her, durch gelebte Solidarität geschehen muss; dass Arme und Ausgebeutete zunächst ihre eigenen Bedürfnisse und damit ihre eigene Identität zu entdecken haben; dass der Reiche nur durch den Armen befreit werden kann, beide also einander brauchen, um sich aus Abhängigkeiten zu lösen: Dies alles hat Pestalozzi – im Sprachkleid und in den Lebensformen des 18. Jahrhunderts – dutzendfach postuliert und, an den Widerständen seiner Zeit leidend, zu verwirklichen gesucht. Die Frage, die er – ebenso wie die Befreiungstheologie – stellt, ist jene nach unserm Verhältnis zur Armut, genauer: nach der Bereitschaft, unsere Lebensweise als einen Teil ihrer Ursachen zu begreifen.

Die Welt der Reichen und die Welt der Armen haben sich in den letzten zweihundert Jahren gleichsam global auseinandergefaltet. Doch die Mechanismen, die beide Welten aneinanderketten, sind, ins Riesenhafte vergrößert, die gleichen geblieben.

Armut – auch das nahm Pestalozzi verstörenderweise voraus – meint indessen nicht nur das Darben der Körper, sondern auch die Verkrüppelung der Seelen. Wer heute beispielsweise von der entwürdigenden materiellen Armut der Entwicklungsländer spricht, müsste gleichzeitig unsere eigene Armut benennen, die krisenhafte Beziehungs- und Sinnleere der Wohlstandsgesellschaft, so wie Pestalozzi dort, wo Besitz- und Genussgier die Fähigkeit zum Teilen verdrängte, bloß noch die armselige Tiernatur am Werke sah.

Das zweite, was ich heute stärker spüre als bei der Niederschrift des Romans: Pestalozzis Menschenliebe, so bewegend sie sein kann, ist für mich manchmal zum Fürchten. Diese Liebe hat nichts Platonisch-Verklärtes an sich; sie will schier gewaltsam das Gute entzünden. Wer nicht achtgibt, kann – wie seine Nächsten – im Bannkreis dieser Liebesradikalität verkümmern.

Pestalozzis Liebe, davon bin ich überzeugt, kannte als heimliche Gegenkraft den Hass, die Ranküne (warum sonst hätte er sich in die unzähligen Intrigen verstrickt, die sein Leben begleiten?); sie kannte als Schatten die Neigung zur Depression (davon – wie er sie durchleidet und schließlich überwindet – erzählt mein Buch). Pestalozzi war, glaube ich, ein Fundamentalist der Liebe, der nie einen Zollbreit von seiner Absicht abwich, sich mit einem Abstraktum, dem verbesserbaren Menschengeschlecht, zu verbrüdern. Eine Liebe wie die seine, die das Pekuniäre vergisst oder verachtet, mündet zwangsläufig im Scheitern, sobald sie handfeste Projekte am Leben erhalten will; sie schlägt aus dem Blickwinkel der Pragmatiker in Torheit um, in Narretei; und wenn wir Heutigen ihrem Feueratem standhalten wollen, retten wir uns eben in folgenlose Bewunderung.

Pestalozzi-Kenner haben es mir allerdings am meisten verübelt, dass ich dem großen Liebenden Fleisch und Blut zugestehe. Ja, ich lasse ihn selbst in tiefer Niedergeschlagenheit Mensch genug sein, sich nach Wärme, Berührung, Lust zu sehnen. Damit zeichne ich, so wurde mir vorgeworfen, das boshaft verzerrte Bild eines Lüstlings, der dauernd nach den Brüsten der Mägde schiele. Zwar preist man Pestalozzis Ganzheitskonzept, das bekanntlich Kopf, Herz und Hand umfasst; aber wo Haut und Haut sich berühren möchten, verstummt die Wissenschaft.

Ich bleibe dabei: Pestalozzi, der Liebende, wird für mich nur glaubhaft, wenn ich ihn auch als Liebesbedürftigen sehen kann; und da steht – wie bei uns allen – das Lächerliche dicht neben dem Ergreifenden.

Wovon ich nach wie vor überzeugt bin: Pestalozzi, vom Sockel gehoben, stellt durch sein Handeln unsere abgepolsterte Lebensweise in Frage. Einer wie er setzt sich mit Haut und Haaren aus, um sich selber – auch in allen Widersprüchen – treu zu bleiben. Er führt uns vor Augen, dass eine Parteinahme zugunsten der Schwachen und Ausgebeuteten, die uns so leicht über die Lippen geht, existentielle Konsequenzen hat.

Lukas Hartmann

Lukas Hartmann
im Diogenes Verlag

Pestalozzis Berg
Roman

Johann Heinrich Pestalozzi, der große Pädagoge, an
einem Wendepunkt seines Lebens.
1798 baut Pestalozzi in Stans im Schweizer Kanton
Nidwalden, das von der französischen Revolutionsarmee verwüstet worden ist, eine Anstalt für Kriegswaisen
auf. In einem baufälligen Flügel des Kapuzinerinnen-
Klosters hat er zeitweise bis zu achtzig Kinder zu versorgen: ein nicht enden wollender Kampf gegen Kälte,
Hunger und Verwahrlosung.
Da muss er das Kloster räumen: Es wird in ein Militärlazarett umgewandelt, Pestalozzi wird Unfähigkeit
als Erzieher vorgeworfen. Er bricht zusammen.
Lukas Hartmann schildert den großen Erzieher als leidenschaftlichen, widersprüchlichen Menschen: seine
Überzeugung, dass Bildung das Volk aus sozialem
Elend befreien wird, seinen aufopfernden Einsatz für
Arme und Schwache; aber auch sein heftiges Gemüt,
seine Nöte, seine Schwächen.

»Gerade in der Darstellung der Ambivalenz von Pestalozzis Persönlichkeit liegt die Qualität dieses vorzüglichen Romans.« *Stuttgarter Zeitung*

Die Seuche
Roman

Ein Dorf im 14. Jahrhundert. Seit Wochen kursieren
Gerüchte über eine schreckliche Krankheit. Dann erreicht sie das Dorf. Mit Glauben, Aberglauben und
Magie versuchen die hilflosen Menschen dem Sterben
Einhalt zu gebieten. Niemand weiß, warum so viele
sterben und einige wenige überleben. Die junge Hanna

und ihr Bruder Mathis begraben ihre Großmutter und fliehen verbotenerweise in den Wald. Unterwegs treffen sie einen ›Geißlerzug‹, Mathis schließt sich den religiösen Fanatikern an, Hanna flieht weiter. Sie kommt bei einem alten stummen Fischer unter, für den sie Fische auf dem Markt verkauft. Dort sieht sie immer wieder ein Kind, das ihr zulächelt. Schon bald hat sie das Gefühl, diesem geheimnisvollen Kind folgen zu müssen…

»Die Pest im 14. Jahrhundert. Eine scheinbar entlegene Zeit gerät ›zum fernen Spiegel‹: Ein großes, ein hinreißendes Buch ist anzuzeigen.«
Charles Linsmayer / Der Bund, Bern

Bis ans Ende der Meere

Roman

London 1781. Der Maler John Webber überbringt der Witwe von James Cook im Auftrag der Admiralität ein Porträt ihres Mannes. Doch die Witwe weist das Geschenk empört zurück: Sie erkenne ihren Mann darauf nicht. Webber ist schockiert, doch kann er die Frau verstehen. Schon bei der Rückkehr des Schiffes ›Resolution‹ verhängte die Admiralität ein absolutes Redeverbot über die näheren Umstände des tragischen Todes von Cook. Und auch das Porträt verfolgt nur einen Zweck: Das Andenken des großen Kapitäns muss ein heroisches bleiben, als nobler Entdecker für England sollte er in die Geschichte eingehen. Doch Webber kennt die Wahrheit dieser vierjährigen dritten und letzten Weltumsegelung Cooks, und all die quälenden Bilder, die er nicht zeichnen durfte, werden ihn zeit seines Lebens verfolgen.

»Die Sprache federleicht, aber auch mit einer großen philosophischen und menschlichen Tiefe. *Bis ans Ende der Meere* ist ein so gewaltiger wie leiser und intimer

Roman, schlicht gesagt ein Meisterstück – ein Roman, in den man sich verliebt.«
Lutz Bunk / Deutschlandradio Kultur, Berlin

Finsteres Glück
Roman

Das Leben des achtjährigen Yves wird in einer einzigen Sekunde brutal entzweigerissen, in ein Vorher und Nachher. Die Psychologin Eliane Hess, die ihm über den Verlust der Eltern hinwegzuhelfen versucht, ist gleichzeitig erschüttert und fasziniert von dem traumatisierten Jungen. Sein Schicksal geht ihr nahe – es leuchtet hinein in ihre eigene Vergangenheit. Nach der Begegnung mit Yves kann auch Elianes Leben und das ihrer beiden Töchter nicht mehr dasselbe sein.
Ein berührender Roman über Geborgenheit und Verlust; über die Familienbande, die wir nicht lösen können, und diejenigen, die wir selbst knüpfen.

»Wenn unser Dasein aus vergänglichen Stoffen wie Sehnsucht, Liebe, Angst besteht, bietet dieser Familienthriller unvergängliche Bilder dazu.«
Evelyn Finger / Die Zeit, Hamburg

»*Finsteres Glück* ist ein starker Roman. Er packt den Leser mit voller Wucht.«
Andreas Tobler / Tages-Anzeiger, Zürich

Räuberleben
Roman

Gesucht: Hannikel, Zigeuner, ungefähr 40 Jahre alt, etwa 5 Schuh und 2 Zoll groß, von Gesicht schwarzbraun, gibt sich als Jäger aus.
Geächtet, verteufelt, gejagt – das ist 1786 das Schicksal des Räuberhauptmanns Hannikel und seiner Familie. Ein lebensprallter historischer Roman, der von den Zigeunerlagern in den Tiefen des Schwarzwalds bis in die

Privatgemächer von Herzog Karl Eugen und seiner Franziska führt.

»Mit großer psychologischer Meisterschaft wechselt Hartmann die Blickwinkel in diesem historischen Roman.« *Alexander Sury / Tages-Anzeiger, Zürich*

Der Konvoi
Roman

November 1918 – Europa befindet sich im Umbruch. Der Zufall führt einen jungen Schweizer Soldaten und eine Russin zusammen. Sie ist Gesandte der Sowjetunion in Bern, er im zivilen Leben Dorflehrer. Ihre politischen Überzeugungen könnten nicht weiter auseinanderliegen, und doch kommen sie einander sehr nahe. Ein packender Roman über das Aufflackern der Liebe, wankende Gewissheiten, zerstörte Ideale und über ein kaum bekanntes Kapitel der Zeitgeschichte.

»Eine ausgefallene Liebesgeschichte, die den Leser in ihren Bann zieht, und bisher fast unbekannte Zeitgeschichte, vom Autor blendend recherchiert, sind in diesem Roman subtil ineinander verwoben.« *Hannoversche Allgemeine*

Abschied von Sansibar
Roman

Eine Prinzessin von Sansibar, die mit einem Hamburger Kaufmann durchbrennt. Mit dieser verbotenen Liebe beginnt Ende des 19. Jahrhunderts die Saga einer west-östlichen Familie zwischen Europa und der arabischen Welt. Ein historischer Roman nach der wahren Geschichte von Emily Ruete.

»Lukas Hartmann erzählt von einer Liebe, vom Verlust der Identität und von der Weltgeschichte. Und er tut all das in gewohnt brillanter Sprache.« *Olivier Berger / Schweiz am Sonntag, Chur*

»Lukas Hartmann macht aus dem Schicksal einer arabischen Prinzessin und deren Nachkommen eine berührende Familiensaga.«
Charles Linsmayer / NZZ am Sonntag, Zürich

Auf beiden Seiten
Roman

1989 und 1990: Jahre des Umbruchs. Der Schweizer Journalist Mario, gerade von seiner Frau getrennt, reist kurz vor dem Mauerfall für eine Reportage nach Ostberlin. Was er noch nicht weiß: Der Kalte Krieg reicht auch bis in sein Leben und seine Familie hinein. Ein überraschender, politisch brisanter Roman über eine nahe Vergangenheit, die bis heute nachwirkt.

»Ein Generationendrama, das immer politischer wird – ideale Urlaubslektüre, Liebe und Historie geschickt verwoben.«
Ursula Ott / chrismon plus, Frankfurt am Main

»Lukas Hartmann beschreibt in einem fundiert recherchierten historischen Roman, wie sich der Kalte Krieg in den Köpfen festsetzte und private Beziehungen zerrüttete.«
Marc Tribelhorn / Neue Zürcher Zeitung

Ein passender Mieter
Roman

Als ihr Sohn auszieht, bleiben Margret und Gerhard Sandmaier allein in ihrem großen Haus zurück. Sie beschließen, das ehemalige Zimmer ihres Sohnes zu vermieten. Der passende Mieter ist bald gefunden: ein junger Fahrradmechaniker, unauffällig, höflich, wortkarg. Doch als sich die Schlagzeilen über einen Messerstecher häufen, der in der Stadt junge Frauen überfällt, regt sich in Margret ein schrecklicher Verdacht.

»Ein leises und dennoch eindringliches Buch.«
Jens-Uwe Sommerschuh / Sächsische Zeitung, Dresden

»Verstörend aktuell.«
Werner de Schepper / Schweizer Illustrierte, Zürich

Ein Bild von Lydia
Roman

Sie ist klug, kunstbegeistert und nach dem Tod ihres Vaters, »Eisenbahnkönig« Alfred Escher, die reichste Frau der Schweiz. Sie ist verheiratet mit dem Sohn eines mächtigen Politikers. Sie ist bereit, all das aufs Spiel zu setzen. Aus Liebe zu einem Künstler. Wer ist Lydia? Niemand kennt sie besser als Luise, das Dienstmädchen, das in allen Wendungen ihres Schicksals an ihrer Seite ist. Und doch bleibt Lydia auch ihr ein Rätsel. Die Geschichte von Lydia Welti-Escher und Karl Stauffer-Bern – eine skandalöse Liebe in der Belle Epoque.

»Die unheimliche Zwangsläufigkeit, mit der die Schicksale seiner Figuren vorgegeben scheinen, stellt Hartmann mit der unspektakulären Virtuosität des Könners dar.«
Wolfgang Steuhl / Frankfurter Allgemeine Zeitung

Der Sänger
Roman

Seine Stimme füllte Konzertsäle, betörte die Damenwelt, eroberte in Deutschland, Europa, Amerika ein Millionenpublikum. Joseph Schmidt, Sohn orthodoxer Juden aus Czernowitz, hat es weit gebracht. 1942 aber gelten Kunst und Ruhm nichts mehr. Auf der Flucht vor den Nazis strandet der berühmte Tenor, krank, erschöpft, als einer unter Tausenden an der Schweizer Grenze. Wird er es sicher auf die andere Seite schaffen?

Die wahre Geschichte einer der schönsten Stimmen des 20. Jahrhunderts.

»Ein Virtuose des historischen Romans.«
Charles Linsmayer / NZZ am Sonntag, Zürich

Urs Widmer
im Diogenes Verlag

Urs Widmer, geboren 1938 in Basel, studierte Germanistik, Romanistik und Geschichte in Basel, Montpellier und Paris. Danach arbeitete er als Verlagslektor im Walter Verlag, Olten, und im Suhrkamp Verlag, Frankfurt. 1968 wurde er mit seinem Erstling, der Erzählung *Alois*, selbst zum Autor. In Frankfurt rief er 1969 zusammen mit anderen Lektoren den ›Verlag der Autoren‹ ins Leben. Für sein umfangreiches Werk wurde er u.a. mit dem ›Heimito-von-Doderer-Literaturpreis‹ (1998) sowie dem ›Friedrich-Hölderlin-Preis 2007‹ der Stadt Bad Homburg (2007) ausgezeichnet. Urs Widmer starb 2014 in Zürich.

»Er war ein Zauberer, der alles konnte und dem alles gelang. Eine einfache Erzählsituation, ein Satz, ein Wort wurde für ihn zum Sprungbrett in die unendlichen Welten der Phantasie.«
Martin Ebel/Tages-Anzeiger, Zürich

»Die Welt des Schweizer Schriftstellers Urs Widmer war voller absurder Komik und bizarrer Weltuntergänge.« *Michael Krüger/Die Zeit, Hamburg*

Hugo Loetscher
im Diogenes Verlag

Hugo Loetscher, geboren 1929 in Zürich, galt als großer Kenner Lateinamerikas und schrieb neben literarischen Werken auch Reisereportagen für diverse Zeitungen. 1992 erhielt er den Großen Preis der Schweizerischen Schillerstiftung und 1994 den Orden vom Kreuz des Südens für seine Verdienste um die brasilianische Kultur. Er starb 2009 in Zürich.

Wunderwelt
Eine brasilianische Begegnung

*Herbst in der
Großen Orange*

Noah
Roman einer Konjunktur

*Der Waschküchenschlüssel
oder Was – wenn Gott
Schweizer wäre*
Geschichten
Auch als Diogenes Hörbuch erschienen, gelesen von Emil Steinberger

Der Immune
Roman

Die Papiere des Immunen
Roman

Die Fliege und die Suppe
und 33 andere Tiere in 33 anderen Situationen. Fabeln

Die Kranzflechterin
Roman

Abwässser
Ein Gutachten

Der predigende Hahn
Das literarisch-moralische Nutztier. Mit Abbildungen, einem Nachwort, einem Register der Autoren und Tiere sowie einem Quellenverzeichnis

Saison
Roman

Die Augen des Mandarin
Roman

Vom Erzählen erzählen
Poetikvorlesungen. Mit Einführungen von Wolfgang Frühwald und Gonçalo Vilas-Boas

Der Buckel
Geschichten

Lesen statt klettern
Aufsätze zur literarischen Schweiz

Es war einmal die Welt
Gedichte

War meine Zeit meine Zeit

Das Entdecken erfinden
Unterwegs in meinem Brasilien. Herausgegeben und mit einem Nachwort von Jeroen Dewulf

Außerdem erschienen:

In alle Richtungen gehen
Reden und Aufsätze über Hugo Loetscher. Herausgegeben von Jeroen Dewulf und Rosmarie Zeller

Alice Vollenweider & Hugo Loetscher
Kulinaritäten
Ein Briefwechsel über die Kunst und die Kultur der Küche

Rolf Dobelli
im Diogenes Verlag

Rolf Dobelli, geboren 1966 in Luzern, studierte Philosophie und Betriebswirtschaft, arbeitete bei der Swissair, gründete ein Unternehmen und lebte in Australien, Hongkong, England und in den USA. Bei Diogenes erschienen sieben Bücher, zuletzt *Fragen an das Leben,* im Carl Hanser Verlag seine beiden Sachbuchbestseller *Die Kunst des klaren Denkens* und *Die Kunst des klugen Handelns.* Seine Bücher wurden in mehr als 30 Sprachen übersetzt. Rolf Dobelli lebt mit seiner Familie in Bern.

»Dobelli hat das Lebensgefühl einer Generation in Literatur verwandelt.«
Isabell Teuwsen / Schweizer Illustrierte, Zürich

»Dobellis Sprache ist stets klar, knapp und knackig.«
Mathias Haehl / Neue Luzerner Zeitung

»Rolf Dobelli verfügt über traumwandlerische Stilsicherheit.«   *Hendrik Werner / Die Welt, Berlin*